Langenscheidt

Where is Mrs Parker?
Wo ist Mrs Parker?

von Annette Weber

Langenscheidt

Berlin · München · Wien · Zürich · New York

Lektorat: Barbara Müller
Muttersprachliche Durchsicht: Charlotte Collins
Zeichnungen: Anette Kannenberg

Umwelthinweis: gedruckt auf chlorfrei gebleichtem Papier

Druck: Druckhaus Langenscheidt KG, Berlin-Schöneberg
Printed in Germany
ISBN 3-468-20436-1
www.langenscheidt.de

2. 3. 4. * 08 07 06 05

Inhalt

Wo liegt Hastings?

"Wo in aller Welt soll dieses Kaff denn liegen?"
Maries Vater bremste und fuhr seinen Golf in eine kleine Straßenbucht.
Vor einer halben Stunde hatten sie das letzte Mal das Straßenschild "Hastings" gelesen. Dann war es ihnen irgendwie abhanden gekommen. Seufzend beugten sich Herr und Frau Steinmann über die Landkarte.
Marie biss sich auf die Lippen. Diese Ferien fingen ja super an. Dabei hatten sie und ihre Freundin Jessica sich das alles so toll vorgestellt. Sie wollten für vierzehn Tage zu Carla Bristow, einer Studienfreundin von Jessicas Mutter, nach Hastings fahren, dort ihr Englisch aufbessern und Carlas Tochter Lee im Gegenzug ein bisschen Deutsch beibringen.
Dann aber war alles anders gekommen. Jessica war mit den Inlinern gestürzt und lag nun mit einem komplizierten Beinbruch im Krankenhaus. Und Marie musste sich allein auf die Socken machen.
"Keine Bange, Maus. Wenn du Heimweh kriegst, sind wir sofort zur Stelle", hatten ihr ihre Eltern versprochen.
Sie wollten eine Rundreise mit dem Auto durchs Land machen, etwas, das sie schon lange vorgehabt hatten. Von der Südküste bis an die schottische Grenze im Norden wollten sie fahren, und da Marie

die Besichtigungstouren ihrer Eltern kannte, war sie froh, sich dieses Mal vorher absetzen zu können. Keine Burg und keine Kirche ließen sie aus, und wenn es stressig wurde, konnten sie schnell ungemütlich werden. Da war es wirklich besser, nicht in der Nähe zu sein. Aber dass Jessica jetzt nicht dabei sein konnte, war wirklich traurig. Hoffentlich war die Tochter der Studienkollegin wenigstens nett.
“Guck mal”, rief ihre Mutter und zeigte auf die Karte. “Diese Straße muss doch richtig sein.”
“Würde mich wundern, wenn das hier die Hauptstraße ist”, murmelte ihr Vater. “Einspurig und mit diesen schrecklichen Buchten.”
Er hatte Probleme mit dem Linksverkehr und war eben schon einmal auf die falsche Straßenseite ausgewichen, als ihnen ein LKW entgegen gekommen war.
Marie sah aus dem Fenster. Drüben auf der anderen Straßenseite befand sich ein kleiner Bauernhof. Ein Hund lag ausgestreckt in der Sonne. Er lag nicht an der Kette. Ein gutes Zeichen. Dann war es sicherlich ein freundlicher Hund. Und wo ein freundlicher Hund war, gab es auch nette Menschen.
“Ich frag mal, ja?”, sagte sie und sprang aus dem Auto. Lieber Englisch reden, als die gestressten Eltern weiter zu ertragen.
Langsam ging sie auf das Gebäude zu. Der Hund hatte sie schon bemerkt. Er richtete sich auf und spitzte die Ohren. Dann begann er leise zu knurren.

Marie kannte sich gut mit Hunden aus. Man musste nur beruhigend auf sie einreden, dann liefen sie in der Regel freundlich auf einen zu.
"Na, du bist aber ein schöner Hund", sagte sie schmeichelnd. Doch der Hund dachte nicht daran, mit dem Knurren aufzuhören. Er knurrte sogar noch lauter. Da fiel Marie ein, dass man mit englischen Hunden wahrscheinlich Englisch reden musste.
"What a nice dog you are", sagte sie. Ihre Stimme schwankte ein bisschen.
Der Hund bemerkte es sofort. Er schien sich sicher zu sein, dass Marie nichts Gutes im Schilde führte, und begann laut zu bellen. Böse und gefährlich hörte sich das an. Gleichzeitig richtete er sich auf. Seinen Schwanz hatte er zwischen die Hinterbeine geklemmt.
Das war kein freundlicher Hund!
Hilfe suchend sah sich Marie nach ihren Eltern um. Ihr Auto war nicht sehr weit entfernt, aber weit genug, dass der Hund sie bis dahin eingeholt und gebissen hätte.
"Hilfe!", rief sie.
"Marie, was ist?", hörte sie nun ihre Mutter. Und dann: "Oh Gott, Jürgen, da ist ein Hund."
"**Damn it!** What are you doing here?"
Der Typ, der jetzt hinter dem Hund erschienen war,

Damn it! Verflucht!

sah auch nicht gerade freundlich aus. Er hatte ein hageres Gesicht. Große helle Augen lagen in tiefen Augenhöhlen. Besonders abstoßend aber waren seine fettigen halblangen Haare, die er im Nacken zu einem Pferdeschwanz zusammengebunden hatte. Mit schnellen Schritten ging er auf Marie zu. Er sah aus, als würde er sie gerne am Ärmel ihres T-Shirts packen und durchschütteln.

“Sorry!” Marie schluckte. “**We’re lost**. Can you … äh … can you …”

Puh. Es war nicht gerade einfach, nach dem Weg zu fragen. Besonders, wenn der Typ, den man fragen wollte, einen dabei mit seinem Blick geradezu durchbohrte. Gott sei Dank stand nun Maries Mutter neben ihr.

“We want to go to Hastings”, sagte sie höflich. “Can you tell us the **way**?”

Der Hund schlug erneut an und fletschte die Zähne.

“**Shut up**, Buster”, herrschte der Mann seinen Hund an und schlug ihm mit der flachen Hand auf die Schnauze. Ausgesprochen liebevoll war das nicht. Aber Buster verstummte.

“**Straight on**. Left at the next **crossroads**.”

We’re lost. Wir haben uns verfahren.
way Weg
Shut up! Halts Maul!
Straight on. Geradeaus.
crossroads Kreuzung

Sehr gesprächig war er auch nicht. Von Freundlichkeit ganz zu schweigen. Immerhin hatte er ihnen geholfen. Und Marie hatte er vielleicht sogar irgendwie das Leben gerettet.

"Thank you", sagte Frau Steinmann.

"Thank you very much", sagte auch Marie.

Der Mann knurrte eine Antwort. Und auch Buster knurrte. Dann gingen beide zum Haus zurück.

"Wenn sie hier alle *so* sind, könnt ihr mich gleich mit auf eure Besichtigungstour nehmen", seufzte Marie bedrückt. "Ich habe ja keine Vorurteile, aber die Engländer, die mir bis jetzt begegnet sind, waren alle unfreundlich."

"Dann wird es Zeit, dass du noch ein paar kennen lernst", lachte ihre Mutter.

Sie liebte England wie kein anderer. In ihrer Jugendzeit hatte sie keine Ferien ausgelassen, um nach England zu fahren. Erst nach Maries Geburt waren die Reisen weniger geworden. Aber das sollte sich ab jetzt wieder ändern, das hatten sie und ihr Mann sich fest in die Hand versprochen.

Nun ja, Marie sollte es Recht sein. Sie war nicht gerade eine große Leuchte in Englisch, und ein Englandaufenthalt konnte sich nur positiv auf ihre Schulnote auswirken.

Von jetzt an war die Fahrt kein Problem mehr. An der nächsten Kreuzung trafen sie auf ein Schild, und

gerade einmal eine Viertelstunde später standen sie vor Carla Bristows Haustür.
Kaum waren sie vorgefahren, wurde die Haustür auch schon aufgerissen und eine rothaarige Frau erschien. Mit ihrer weißen Haut, den roten Haaren und den Sommersprossen entsprach sie voll und ganz dem Klischee einer englischen Lady. Ihre Kleidung tat ein Übriges: Tweedjacke im englischen Landhausstil, dazu der passende braun-grüne Rock und flache braune Schuhe. Dabei war sie eigentlich Deutsche.
"Hello, my **dear**. You are Marie, **aren't you**?", rief Carla Bristow begeistert. "I'm sorry, but, aber I … äh … ich … äh … spreche nur noch bisschen Deutsch." Carla Bristow sprach mit einem lustigen Akzent. Marie musste lachen.
"Ich wirklich, ich habe alles … oh, wie sagt man denn nur … alles ist weg."
"Verlernt", half Marie.
"Verlernt." Carla lachte. "Aber du wirst … you will help us with the language."
Marie war sich nicht sicher, ob das wirklich klappen würde. Aber dank der Herzlichkeit, mit der sie hier empfangen wurde, fühlte sie sich gleich wohl.
"I'll **try**", nickte sie.

---

dear Liebes; *Anrede für Menschen, die man mag. Kinder werden manchmal auch von Fremden so angesprochen.*
aren't you? nicht wahr?
try versuchen

Die Bristows wohnten in einem kleinen Häuschen nicht weit von der Küste. Von dort hatte man einen schönen Blick auf die alte Burganlage von Hastings. Auch Maries Zimmer war hell und freundlich, mit einem Bett, einem Schrank, einem Schreibtisch und einem schönen, bequemen Schaukelstuhl.
"Ich glaube, da hast du wirklich ins Schwarze getroffen", freute sich Maries Vater, als er ihre Sachen aus dem Kofferraum lud. "Das Haus und dein Zimmer sind klasse. Mrs Bristow ist supernett. Und warum sollte die Tochter nicht genau so nett sein wie die Mutter?"
Maries Eltern blieben noch zum Tee, dann machten sie sich auf die Weiterfahrt. Als sie aus der Einfahrt zurücksetzten und die Straße entlang fuhren, winkte Marie ihnen lange nach. Mit gemischten Gefühlen kehrte sie dann ins Haus zurück.

Kaum hatte sie sich wieder an den Küchentisch gesetzt, wurde die Haustür auch schon wieder geöffnet. Dann riss jemand die Küchentür auf: ein Junge, rothaarig, sommersprossig, mit heller Haut und grünen Augen.
"Oh, Marie, **look**. This is Lee." Carla Bristow legte ihm die Hand auf die Schulter und führte ihn zu Marie hinüber. "Lee, this is Marie."

---

look schau

Das war Lee? Die Tochter der Bristows? Irgendetwas war da falsch gelaufen. Oder gab es etwa auch noch eine Tochter, die Lee hieß?
"I … I **thought** …" Marie war vollkommen durcheinander. "Are you a boy?"
Das war sicherlich eine der dümmsten Fragen, die man einem Jungen stellen konnte. Das schien auch Lee zu finden. Er schnappte nach Luft.
"**I hope so**", erwiderte er. "Shall I **prove** it?"
Prove, was hieß noch mal prove?, dachte Marie.

---

thought dachte
I hope so. Das will ich hoffen.
prove beweisen

"Lee!", wies ihn seine Mutter zurecht. "**Mind your manners** and say hello to Marie." Sie lachte Marie an. "Did you think ... dachtest du, Lee wäre ein Mädchen?"
"Yes", nickte Marie.
"I'm sorry", sagte Mrs Bristow und lachte lauter.
"I'm sorry, **too**", brummte auch Lee. Aber er lachte nicht. Er sah sogar eher so aus, als wünsche er sie sonstwohin. Am allerliebsten wahrscheinlich auf den Mars.
"I hope **it doesn't matter to you**", fuhr Mrs Bristow fort. "I'm **sure** you will like **each other**. And I hope you will learn English, and **that** Lee will learn **some** German **as well**."
Sie sprach sehr langsam und Marie konnte sie gut verstehen.
Lee gab jetzt einen grunzenden Ton von sich, dem zu entnehmen war, dass er nicht sehr viel Wert aufs Deutschlernen legte.
Die Ferien kann ich ja wohl vergessen, dachte Marie unglücklich.

Mind your manners Benimm dich
too auch
it doesn't matter to you es macht dir nichts aus
sure sicher
each other einander, euch
that dass
some etwas, einige
as well auch

Das war's dann wohl!

"This is Pevensey Castle." Lee sprach schnell und ohne Rücksicht auf Verluste. Er schlug seinen Reiseführer auf, strich über die Seite und las vor. "Pevensey **was once** a **thriving port**."

"Ich kapiere kein Wort", stöhnte Marie. "Ehrlich, Lee, I don't understand a word. Will you please speak slowly and … äh … use easy words?"

Lee tat, als habe er nichts verstanden.

"Okay, let's go inside", grinste er und schob Marie einer drahtigen Reiseführerin entgegen, die ungeduldig ein Fähnchen schwenkte. Sofort scharte sich eine Reihe von Erwachsenen um sie. Natürlich Engländer! Warum sollte Lee auch eine deutsche Touristengruppe für sie suchen?

Marie war mit ihrem Schulenglisch schnell am Ende. Die Führerin sprach superschnell und verwendete Wörter, die Marie noch nie im Leben gehört hatte. Während sie mit der Reisegruppe durch die Burgruine wanderte, schaute Marie hin und wieder sehnsüchtig zum Strand hinüber, wo sich ein paar Touristen der Länge nach ausgestreckt hatten und genüsslich in der Sonne schmorten.

Dieses Pevensey Castle war bereits die dritte Burg,

---

was once war einst
thriving port blühender Hafen

durch die Lee Marie schleppte. Und zwei weitere hatte er noch auf dem Programm.
Hastings schien vor englischer Geschichte nur so zu strotzen. Und Lee hatte sich offenbar vorgenommen, ihr diese Geschichte bis ins kleinste Detail nahe zu bringen. Jedenfalls schleppte er ein dickes Buch mit dem Titel ***Travel*** *Through Hastings* unter dem Arm, und bei jeder Gelegenheit las er daraus vor.
Marie wusste auch, wie das weitergehen würde. Heute zeigte Lee Marie die Burgen bis zum Umfallen, morgen wahrscheinlich die Kirchen und übermorgen die Museen. Und warum? Damit sie einen Eindruck von der Stadt bekam? Mit Sicherheit nicht!
Lee hatte sich wahrscheinlich vorgenommen, sie so schnell wie möglich zu vergraulen, damit sie vorzeitig abreiste und er die Zeit wieder für sich alleine hatte.
Marie biss sich auf die Lippen. Unter diesen Umständen hätte sie auch mit ihren Eltern in Urlaub fahren können. Deren Besichtigungsprogramm war deutlich unterhaltsamer als diese Folter.
Sie sollte dem Elend schnell ein Ende machen. Lieber jetzt als nach einer weiteren Besichtigungstour. Ohne sich mit Lee abzusprechen, nickte sie der Reiseführerin zu, sagte "Sorry" und machte sich auf und davon.

Travel Reisen

Sie spürte die Blicke der anderen im Rücken, als sie die Burganlage verließ und zum Strand hinunterging. Mit einem tiefen Seufzer ließ sie ihren Rucksack in den Sand fallen, zog die Sandalen aus und lief auf das tiefblaue Wasser zu. Es war sehr kalt, doch Marie genoss die Wellen um ihre müden Füße.

Aber was sollte sie Mrs Bristow sagen, warum sie nicht länger bleiben wollte? Sollte sie Lee in die Pfanne hauen? Da spürte sie einen heftigen Ruck an der Schulter. Sie drehte sich um. Lee stand hinter ihr und sah sehr wütend aus.

"**What's the matter with you?**", schnauzte er sie an. "**I've shown** you all the castles in our town, but **it seems to me** you're **not at all interested**."

Sein rundes Gesicht war verärgert und seine grünen Augen funkelten. Irgendwie sah das ganz süß aus. Marie kicherte. Aber das machte Lee nur noch wütender.

"Who do you think you are?", maulte er. "**I'm doing everything** for you; **I'm spending all my free time** with you. I'm not playing cricket, I'm not

---

What's the matter with you? Was ist mit dir los?
I've shown ich habe … gezeigt
it seems to me mir scheint's
not at all interested nicht im geringsten (daran) interessiert
I'm doing everything ich mache alles
I'm spending all my free time ich verbringe meine ganze Freizeit

watching television, I'm not seeing my friends, all **because of** you."
Das war es also. Marie war froh, dass er es so deutlich aussprach.
"Hör zu", sagte sie dann. "Du hast gewonnen. Ich spiele nicht mehr mit."
"Excuse me?"
Er schien sie wirklich nicht zu verstehen.
"Du hast gewonnen - you've won. I'll **phone** my parents today, and they'll **pick me up** – so bald wie möglich – äh … ich weiß nicht, wie man das sagt."
"As soon as possible?"
"Yes." Marie seufzte erleichtert. "Und dann bist du frei – you're free – kapierst du. Ich hau ab und du kannst machen, was du willst. Von mir aus den ganzen Tag vor der Glotze hängen."
"Excuse me?"
Jetzt sah Lee doch ein wenig schuldbewusst aus. Aber Marie hatte sich gerade erst warm geredet.
"Ja, ne, jetzt guckst du auch ziemlich doof aus der Wäsche. Ich rede dir wohl zu schnell, was? Du kapierst nicht so viel Deutsch, was?" Sie schnaubte verächtlich. Dann ging sie weiter ins Wasser. Eigentlich war ihr ziemlich zum Heulen zumute,

---

because of wegen
phone anrufen
pick me up mich abholen

aber diese Genugtuung wollte sie Lee nicht auch noch geben.
Das Wasser reichte ihr nun bis zu den Waden. Schade, dass sie ihren Bikini nicht mitgenommen hatte. Sie wäre unheimlich gerne ein bisschen geschwommen, trotz der Kälte.
Als sie sich umdrehte, saß Lee neben ihrem Rucksack und sah ihr zu. Sein Gesicht zeigte keine Regung. Es war nicht zu erkennen, was in ihm vorging. Aber das war ja auch egal. Er konnte ihr genauso gestohlen bleiben wie sie ihm. Wichtig war eben nur, diesen schrecklichen Urlaub zu Ende zu bringen, ehe die Ferien vorbei waren. So hatte es wirklich keinen Zweck. Sie und Lee passten zusammen wie saure Gurken auf Nutellabrot. Das musste man nicht unbedingt zwei Wochen lang durchziehen.
Wie sagte ihr Vater immer: Lieber ein Ende mit Schrecken als ein Schrecken ohne Ende.
Ewig konnte Marie nicht im Wasser bleiben, dafür war es doch zu kalt. Irgendwann musste sie zu ihrem Rucksack zurückkehren. Sie ging sehr langsam und vermied es, Lee anzusehen. Schweigend zog sie ihre Sandalen an und warf den Rucksack über ihre Schulter. Nun stand auch Lee auf.
"**Would you please repeat** what you said to me?", fragte er.

Would you please repeat Würdest du bitte wiederholen

"Slowly and in easy words?"
"Yes, please."
"Ich rufe heute noch meine Eltern an und die ..."
"In English, please!"
"I'll phone my parents today, and they'll pick me up as soon as possible."
Lee nickte. "But please tell my mother it's your **decision**", beeilte er sich zu sagen. "Your **own**, free decision. I was friendly and **polite** to you. I spent all my time showing you all the castles."
"Ach, halt doch die Klappe!", fuhr ihn Marie an.
Lee sah ein bisschen ratlos aus.
"Was ist eine Klappe?", fragte er.
"A lid", erklärte Marie missmutig. "Aber 'halt die Klappe' **means** 'shut up'."
"Okay, I understand", nickte Lee.
Von nun an sagte niemand mehr etwas. In großem Abstand gingen die beiden nebeneinander her. Sie nahmen den Weg über den Strand einen langen Hügel hinauf. Marie war traurig. Dies hier war ihre erste Reise ohne ihre Eltern. Und wie hatte sie sich darauf gefreut! Nun warf sie schon nach einem Tag das Handtuch.
Aber verdammt noch mal! War es denn ihre Schuld?

---

decision Entscheidung
own eigene
polite höflich
means bedeutet

Sie war jedenfalls bereit gewesen, sich auf einen Jungen einzustellen. Aber zu einem gutwilligen Abkommen gehörten zwei. Und wenn Lee nicht dazu bereit war, war die Sache gelaufen.
Ihr Weg führte sie aus der Stadt hinaus. Rechts und links standen Bäume, durch die die tief stehende Sonne lange Strahlen warf.
Das war nicht der Weg zum Haus der Bristows.
"Where are we going?", wollte Marie wissen.
Lee zögerte.
"**I hope you're not in a hurry. I've got to look after** an old woman's house – Mrs Parker's cottage **on the outskirts of town**. She's on a **visit** to London. Her sister lives **there**."
"Aha", sagte Marie, die sich nicht ganz sicher war, ob sie alles richtig verstanden hatte.
Und dann nach einer Weile hielt Lee vor einem kleinen Haus an. Es war ein richtiges Bilderbuchhaus. Ein englisches Cottage aus kleinen dicken Steinen mit blauen Fensterläden und einem reetgedeckten Dach.

I hope you're not in a hurry. Ich hoffe, du hast es nicht eilig.
I've got to ich muss
look after aufpassen auf
on the outskirts of town am Stadtrand
visit Besuch
there da, dort

So hatte sich Marie immer England vorgestellt. Mit Meer, Regen und diesen kleinen Steinhäusern.
"Here we are", sagte Lee. "I **promised** her I would look after her cats and her flowers. She has a lot of flowers in the house and in the garden."
Lee kramte in seiner Hosentasche.
Marie war die Sache unheimlich. Sie mochte nicht mit Lee in ein fremdes Haus einer fremden Frau gehen. Nicht dass sie Angst hatte, aber Lee war nicht so furchtbar sympathisch gewesen. Sie konnte sich alles Mögliche bei ihm vorstellen, nur nicht, dass er sich um die Katzen und Blumen einer alten Frau kümmerte.
"Was hab ich damit zu tun?", fragte sie misstrauisch.
"Excuse me?"
Lees Deutschkenntnisse schienen sich eher auf einem unteren Level zu bewegen.
"What shall I do?"
Lee zuckte die Schultern.
"**Whatever** you want. You can help me. You can wait outside. You can **have a look inside** … It doesn't matter to me."
Mit diesen Worten schloss Lee die Tür auf und betrat das Cottage.

---

promised habe … versprochen
whatever was auch immer
have a look inside einen Blick hinein werfen

Mrs Parkers Haus

Marie warf einen Blick in den Hausflur. Er war weiß getüncht und stand voller bunter Blumen. Lee schnappte sich eine große, grüne Gießkanne und ging weiter. Da hörte Marie ein lautes Maunzen.
"Oh, Cindy, **how are you**? Are you waiting for me?", hörte sie Lee's Stimme. Sie klang liebevoll und beinahe zärtlich. Allem Anschein nach hatte dieser Typ doch auch eine weiche Seite an sich.
Die Neugierde siegte schließlich und Marie trat ein. Lee war in die Küche verschwunden. Er hielt eine Dose Katzenfutter in der Hand und kramte in einer Schublade nach einem Dosenöffner. Währenddessen umstrich eine schwarze Katze pausenlos seine Beine.
"This cat is **crazy**", grinste Lee gutmütig. "As crazy as her **owner**."
Marie konnte kaum glauben, dass Lee einfach so mit ihr redete. Er schien wirklich erleichtert zu sein, dass sie am nächsten Tag wieder fahren wollte.
"Is the old lady crazy, too?", fragte sie vorsichtig und ließ sich auf einem Küchenstuhl nieder. Aber im Grunde genommen konnte sie sich die Antwort

---

how are you? wie geht es dir?
crazy verrückt
owner Besitzer(in)

schon denken. Wer so lebte wie Mrs Parker musste mindestens ein wenig sonderlich sein. Überall an den Wänden hingen Bilder von Katzen und sogar hier in der Küche standen Katzenfiguren aus Porzellan auf den Regalen.

"I've **never** known a woman who is crazier than her", erzählte Lee. "She's **crazy about** animals, **especially** cats. When she bakes a cake, it looks like a cat. When she buys a postcard, there's always a cat on it. There are even big fat cats on the front of her jumpers."

"Oh!" Marie grinste.

"Cindy isn't her **only** cat", fuhr Lee fort. "Mrs Parker has five of them. The black one is Cindy. **The others** are Lindy, Windy, Punky and Stunky."

Jetzt lachte Marie schallend.

"She **must** be **funny** too. But where are the other cats?"

"I don't know. **Perhaps** they're in the garden. Cindy is very **shy**. She likes to sit on the sofa."

---

never niemals
crazy about verrückt nach
especially besonders
only *hier:* einzige
the others die anderen
must muss
funny lustig
perhaps vielleicht
shy schüchtern

"Watching television", fügte Marie lachend hinzu.
Sie folgte Lee in den Garten. Der Garten sah aus wie ein Garten einer Fotoserie über englische Cottages. Rosen und Rittersporn, bunte Stockrosen am Gartenzaun, dicke Apfelbäume, eine alte Holzbank und natürlich jede Menge Gemüse und Kräuterbeete gab es hier. Marie ließ sich auf der Bank nieder und schaute Lee zu. Der schlug mit einem Löffel gegen die Dose Katzenfutter.
"Lindy, Windy, Punky, Stunky!", rief er laut.
Marie krümmte sich vor Lachen. "It **sounds** like a rap", sagte sie.
Nun grinste auch Lee. Gott sei Dank schien er wenigstens ein bisschen Sinn für Humor zu haben.
Noch ein bisschen und ich fange an, ihn zu mögen, dachte Marie und schüttelte innerlich über sich den Kopf. Nein, nein, sie wollte nicht vergessen, wie gemein Lee zu ihr gewesen war. Ihre schmerzenden Füße sollten sie für immer daran erinnern.
Lee öffnete eine zweite Dose Katzenfutter und verteilte den Inhalt mit einem Löffel in ein Schälchen, das neben der Bank stand.
Eine kleine rote Katze blinzelte aus der Baumkrone und beobachtete ihn dabei, aber sie bewegte sich nicht. Nun schauten auch eine weiß-rote und eine weiße Katze unter der Hecke hervor. Aber niemand

---

sounds klingt

näherte sich dem Schälchen. Nur ein dicker schwarzer Kater, der auf der Mauer saß, reckte sich behaglich. Erst das linke Bein, dann das rechte. Dann sprang er von der Mauer herunter und schlich träge auf den Napf zu. Er schnupperte, schleckte ein bisschen und kehrte dann zu seinem Schlafplatz zurück.
Lee runzelte die Stirn.
"**What's wrong with you**, Stunky?", wunderte er sich. "I've never seen you **reject** a **meal**."
Er drehte die Dose in der Hand und las. "***Pussycat***. All cats like it. With fish and **fresh** vegetables." Er roch an der Dose. "Smells okay."
Marie überlegte. "They don't seem to be very hungry. Perhaps **someone else fed them**."
Lee runzelte die Stirn. "**Strange**. Mrs Parker **went** to London **yesterday**. She must have fed them **before** she went to the station."
Die weiße Katze kam nun auf Marie zu, umstrich

What's wrong with you? Was ist mit dir los?
reject verweigern
meal Essen
pussycat Miezekatze
fresh frisch
someone else jemand anders
fed them hat sie gefüttert
strange seltsam
went ist gegangen
yesterday gestern
before bevor

ihre Beine und sprang auf die Bank. Marie streichelte sie. Dann betrachtete sie in Ruhe den verwunschenen Garten.
Direkt an den Gartenzaun grenzte ein großer Park, und in der Ferne schien ein See zu schimmern. Überhaupt wirkte alles so wunderschön an diesem hellen Sommertag. Schade, dass sie morgen schon abreisen würde.
Lee war schon wieder im Haus verschwunden. Marie hörte, wie er eine Gießkanne mit Wasser füllte.
"**May I** help you?", fragte sie höflich, als sie ihm in die Küche gefolgt war. "Do you have **another** ... äh ... Gießkanne. Wie sagt man ..."
"Gießkanne", grinste Lee. "Watering can. No, I'm sorry. There's only this one."
"Na gut, dann kann man nichts machen", winkte Marie ab und ließ sich wieder auf den Stuhl fallen.
"Dann kann man nichts machen", wiederholte Lee mit drolligem Akzent.
Marie sah Lee bei der Arbeit zu. Und dabei fiel ihr Blick ganz zufällig auf den Küchenschrank. Sie stand auf und ging näher. Hier, hinter der Glasvitrine, lag eine schwarze Geldbörse.
"Lee?", fragte Marie verwundert. "Are you sure Mrs Parker went to London?"

---

may I kann ich
another noch eine

“Why do you ask?”, brummte Lee, während er einen großen Gummibaum goss.
“Because she’s **left** her purse **at home**.”
Lee drehte sich zu Marie um. Dann kam er näher.
“Her purse. You’re right. Oh, she’ll be **annoyed** about that.”
Lee öffnete die Glasvitrine und zog die Geldbörse hervor. Er öffnete sie. Drei 50-Pfund-Noten, eine 10-Pfund-Note und Kleingeld steckten darin. Außerdem zog er ihren Buspass und ihre Kreditkarte heraus.
“**Wow**, she’s crazy, going to London without any money”, überlegte er.
Plötzlich zuckte er zusammen.
“I don’t believe it”, stöhnte er nun und zog eine Karte aus dem hinteren Fach der Geldbörse.
Maries Augen wurden ebenfalls groß.
“A **return ticket** to London. This makes it **mysterious**. Perhaps she’s **still** in Hastings”, meinte sie.
Lee überlegte.
“Perhaps”, sagte er dann. “But I met her at the mar-

(has) left (hat) zurückgelassen
at home zu Hause
annoyed verärgert
Wow! Mann!
return ticket Fahrkarte für Hin- und Rückfahrt
mysterious mysteriös
still immer noch

ket yesterday, and **she reminded me** to look after her cats and flowers." Er überlegte weiter. "And she **told** me she'd **bought** her ticket at the station."
Marie seufzte. "Okay. I don't know. **Maybe** she's a **witch** and **flew** to London on ... äh ... what do you call this?" Marie zeigte auf einen Besen, der in der Ecke der Küche stand.
"Broom", grinste Lee. "Yes, maybe. Let's try to phone her sister in London this evening."
Er stellte die Gießkanne beiseite. Dann starrte er auf einen Aschenbecher.
"**Cigarettes**", murmelte er. "I've never seen her **smoking**. She hates smokers and cigarettes. She's a **member** of the **Elderly Ladies'** Non-Smoker Club."
Nun trat auch Marie an den Aschenbecher.
"Three cigarettes. Benson & Hedges", diagnostizierte sie. "**Too many** for a non-smoking lady." Sie dreh-

---

she reminded me sie erinnerte mich daran
told erzählte
(had) bought (hatte) gekauft
maybe vielleicht
witch Hexe
flew flog
cigarettes Zigaretten
smoking rauchend
member Mitglied
elderly ladies ältere Damen
too many zu viele

te sich zu Lee um. “**There’s definitely something wrong here.**”
“I think so, too”, erwiderte Lee.

There’s definitely something wrong here. Hier ist definitiv etwas faul.

Eine seltsame Entdeckung

Plötzlich kroch beiden eine Gänsehaut über den Rücken.
“Perhaps someone was in the house”, überlegte Marie. “But it wasn’t Mrs Parker.”
Sie sahen einander nachdenklich an.
Jetzt wird es wirklich unheimlich, dachte Marie.
Lee schien es ähnlich zu gehen. Denn plötzlich hatte er es eilig, aus dem Haus zu kommen. Auch Marie hielt hier nichts mehr. Nebeneinander rannten sie den Flur entlang zur Haustür. Dort blieb Lee unvermittelt noch einmal stehen.
“Damn”, fluchte er. “**I forgot to lock** the door to the garden.” Er fummelte in seiner Hosentasche und zog den Schlüssel hervor.
Marie sah ihn an. Er biss sich auf die Lippen, und Marie war sofort klar, dass er sich fürchtete, noch einmal allein ins Haus zurück zu gehen.
“I’ll go with you”, sagte sie.
Lee lächelte erleichtert. Gemeinsam gingen sie durch den Hausflur in die Küche, warfen noch einmal einen Blick in den Garten und verriegelten die Tür.
“Lee”, sagte Marie dann so tapfer wie möglich. “Let’s walk around the house and take a look. Per-

---

I forgot to lock Ich habe vergessen … abzuschließen

haps the old lady is ill and **lying in bed** – or perhaps she's **even** … **dead**."

Diese Worte sagte sie nur leise. Aber Lees Augen weiteten sich entsetzt.

"**You're right**", flüsterte er.

Auf Zehenspitzen schlichen sie durchs Haus und öffneten eine Tür nach der nächsten, bemüht, keine Panik aufkommen zu lassen. Sie gingen durch das Wohnzimmer und das Schlafzimmer und warfen sogar noch einmal einen Blick in die Küche. Die Wohnung war aufgeräumt, das Bett war gemacht. Es gab keinen Anhaltspunkt dafür, dass Mrs Parker etwas zugestoßen war und sie tot in irgendeinem Zimmer lag.

"She **really** isn't at home", sagte Lee erleichtert, als sie das letzte Zimmer durchgesehen hatten.

Marie nickte. Auch ihr war ein Stein vom Herzen gefallen. Gemeinsam verließen sie das Haus.

Als sie schließlich auf der Straße standen, sah Lee sie an und lächelte.

"Thank you, Marie", sagte er und es klang, als meine er es ehrlich.

Schweigend gingen sie nebeneinander her.

(is) lying in bed liegt im Bett
even sogar
dead tot
You're right. Du hast Recht.
really tatsächlich, echt

"Marie", begann Lee nach einer Weile und sah sie verlegen von der Seite an. "I'm sorry about this morning. I was really **unfriendly** to you."
Marie schluckte. "It's okay. You were **unhappy** about your **holidays**. I understand that."
Wieder schwiegen sie eine Weile.
"Marie", begann Lee erneut, "will you please stay with us **as planned**? I think I need your help."
Hatte sie richtig verstanden? War das jetzt eine Entschuldigung? Wahnsinn! Und hatte er gesagt, er brauche ihre Hilfe? Unglaublich. Da konnten einem schon fast die Tränen in die Augen steigen.
Marie lächelte. "Okay", sagte sie schlicht. "I'll stay."
"Thank you", murmelte Lee leise. Und das klang schon fast wie eine zweite Entschuldigung.

"Hello, my dears", rief Carla Bristow erfreut, als sie die beiden nebeneinander den Weg zu ihrem Haus entlang kommen sah. "Did you have a nice day?"
Sie sah Marie ein wenig sorgenvoll an. Und auch Lee warf Marie einen beunruhigten Blick zu.
Aber Marie lachte und schleuderte ihren dicken Zopf auf den Rücken.

---

unfriendly unfreundlich
unhappy unglücklich
holidays Ferien
as planned wie geplant

"It was a very interesting day. I visited some **wonderful** castles, and the sea is very nice, too."
"**We've got** a very interesting book called *Travel Through Hastings*", berichtete Carla Bristow.
"I know **that** book", erwiderte Marie schnell. "Lee showed it to me." Und sie war nahe davor, zu grinsen. Besonders, weil Carla Bristow höchst erstaunt aussah.
Nur Lee verzog das Gesicht.
"Mum!", sagte er so ernst wie möglich. "I'm a good **host**. **Of course** I told Marie all about the history of Hastings." Lee setzte sich auf die Gartenbank und streckte die Beine aus. "But now I'm tired – and hungry. What's for **supper**?"
"Okay", lachte Carla Bristow. "Let's eat. We'll have fish and **chips** tonight. I hope you'll like it, Marie."
"I'm sure I will", nickte Marie höflich.
Sie hatte schon viel von diesem typisch englischen Gericht gehört. Ekelig und fettig hatten die einen immer gesagt. Superköstlich die anderen. Nun konnte sie sich endlich selbst ein Bild davon machen.

---

wonderful wunderbar
we've got wir haben
that *hier:* jenes
host Gastgeber
of course natürlich
supper Abendessen
chips Pommes

Eine knappe Stunde später lehnte sich Marie auf ihrem Stuhl zurück. Das Essen war wirklich fettig, aber superlecker gewesen. Wie Pommes mit Mayo aus der Tüte. Nur dieser seltsame Erbsenbrei hatte nicht so ihrem Geschmack entsprochen, aber im Grunde war das auch kein Problem gewesen. Sie hatte eben darauf verzichtet, noch einen zweiten Löffel zu nehmen.

Nachdem sie alle zusammen den Tisch abgeräumt hatten, gingen sie in den Garten. Das Haus der Bristows lag auf einem kleinen Hügel und man hatte einen wundervollen Ausblick auf Hastings. Vor ihnen schimmerte das Meer in den Strahlen der tief stehenden Sonne und am Rande des Strandes bildeten die leuchtenden Häuser der Küstenstraße eine wundervolle Kulisse.

Und dort auf der anderen Seite des Hügels entdeckte Marie noch ein paar Häuser. Am Ende der Straße musste auch das Haus von Mrs Parker liegen.

Was war das? Marie kniff die Augen zusammen. Täuschte sie sich oder leuchtete tatsächlich Licht im Fenster des oberen Stockwerkes? Das konnte doch nicht sein!

Marie sah sich nach Lee um. Er saß neben seiner Mutter auf der Gartenbank und redete mit ihr.

“Lee”, rief Marie und winkte ihn zu sich. Lee schien zu bemerken, dass sie etwas beunruhigte, denn er stand schnell auf und kam zu ihr.

"What's the matter?"
Marie deutete auf das Haus am Hügel.
"I'm not sure. But isn't there a **light** on in Mrs Parker's house?", sagte sie.
Lee kniff die Augen zusammen.
"You're right, there is", sagte er dann. "And it is Mrs Parker's house. **No doubt about it**."
"She didn't go to London after all", versuchte Marie eine Erklärung zu finden.
Lee nickte. "Maybe", sagte er. Komisch kam es ihm aber doch vor.
"Let's go to her house again", schlug Marie vor. "We'll **knock** and ask her why she didn't go."
Lee nickte. "Okay, let's go. **If** you want, we can go by bike. You can take my mother's."
Sie hatten es plötzlich eilig, zur Garage zu kommen.
"Lee?", hörten sie die Stimme von Mrs Bristow hinter sich. "Where are you going?"
Lee drehte sich um.
"**Nowhere special**. I forgot to water Mrs Parker's flowers."
"Fine." Mrs Bristow lächelte. "But don't take too long. It'll be dark soon."

---

light Licht
No doubt about it. Daran gibt's keinen Zweifel.
knock anklopfen
if wenn
nowhere special nirgendwo besonders

Lee und Marie holten die Fahrräder aus der Garage. Marie stieg auf und war schon fast auf der Straße, als Lee brüllte: "Stop! Don't forget that you're in England. We drive on the left **side** of the **road**."
"Ach ja." Marie lachte. "You go first", schlug sie dann vor. "It's **probably** better for me to ride behind you."

Es dauerte keine zehn Minuten, dann waren sie an dem kleinen Cottage angekommen. Sie hatten sich nicht getäuscht. Im Dachgeschoss brannte Licht.
Lee und Marie stiegen von ihren Rädern und lehnten sie an den kleinen Steinwall, der das Grundstück zur Straße hin abgrenzte. Einen Augenblick zögerten sie. Marie war ein bisschen mulmig zumute.
Aber warum eigentlich?, fragte sie sich. Es ist doch klar wie Kloßbrühe. Mrs Parker war eben nicht nach London gefahren. Sie war offensichtlich eine seltsame alte Lady. Vielleicht hatte sie im letzten Augenblick keine Lust mehr gehabt. Vielleicht ging es ihr auch einfach nicht gut. Es konnte aber auch sein, dass sich Lee schlicht und einfach im Datum geirrt hatte.
Sie sahen einander kurz an. Dann trat Lee durch das Gartentürchen. Sie gingen zur Haustür und klopften.

---

side Seite
road Straße
probably wahrscheinlich

Zunächst geschah nichts. Dann wurde das Licht im Dachgeschoss ausgeschaltet. Lee und Marie starrten zum Fenster hinauf. Bewegte sich da die Gardine?

“There’s a **shadow** behind the window”, flüsterte Lee.

Er trat ein paar Schritte zurück.

“Mrs Parker?”, rief er laut. “Mrs Parker, are you there?”

Niemand antwortete.

Lee schlug noch ein zweites Mal mit dem Türklopfer gegen die Tür, aber auch danach tat sich nichts.

“Someone’s in the house. But this someone won’t answer the door”, flüsterte Marie.

Und Lee sagte laut: “**No one** home. **Never mind**.”

Sie gingen wieder zurück auf die Straße, stiegen auf ihre Räder und fuhren ein kleines Stück die Straße hinunter, so weit, bis sie das kleine Haus nicht mehr sehen konnten. Dann bog Lee in den Park ein, der längs der Straße verlief.

“Let’s go this way”, sagte er leise. “Then we can see her house from the other side.”

Lee hatte Recht. Man musste nur einen schmalen Weg entlang fahren, dann kam man hinter Mrs Parkers Haus und konnte in den Garten hineinsehen. Sie lehnten ihre Fahrräder gegen einen Baum und

---

shadow Schatten
no one niemand
Never mind. Macht nichts.

schlichen an den Gartenzaun heran. Durch die dichten Büsche waren sie gut geschützt.
Das Haus war immer noch dunkel und kein Laut war zu hören. Allerdings roch es so seltsam nach ... Marie schnupperte.
"Cigarettes", wisperte sie Lee zu. "Someone is smoking in the garden."
Und jetzt sah sie eine Gestalt. Im Licht der aufglimmenden Zigarettenspitze leuchtete das Gesicht eines Mannes auf, der dort auf der Gartenbank saß.
Und komisch. Dieser Mann kam Marie irgendwie bekannt vor. Wie konnte das sein? Sie kannte hier in England doch keine Menschenseele.
Wieder glimmte die Zigarette auf, und wieder konzentrierte Marie sich.
Und dann fiel es ihr wie Schuppen von den Augen. Diesen Mann hatte sie nach dem Weg nach Hastings gefragt. Sie erkannte seine fettigen Haare und seine tiefen Augenhöhlen.
Eine Weile hockten sie da und starrten den Mann an. Dann erhob sich der Mann von der Bank und schritt gemächlich in den Garten hinein. Weiter und weiter kam er auf Lee und Marie zu. Und je näher er kam, desto vorsichtiger und leiser zogen die beiden sich zurück, bis sie schließlich wieder bei ihren Rädern angekommen waren.
Mit einem Satz sprangen sie auf und traten so schnell sie konnten in die Pedale.

Gäste im Haus

"And you're sure it was **the same** man?", wollte Lee wissen, als Marie ihm von ihrer Beobachtung berichtete. "But what is he doing in her house?"
"I don't know", erwiderte Marie bekümmert.
Die Geschichte wurde immer sonderbarer. Nun gut, es konnte immer noch sein, dass Mrs Parker nach London gefahren war. Aber warum war dann dieser Mann in ihrem Haus? Und warum hatte er ihnen nicht die Tür aufgemacht?
"We **have to** go into the house", entschied Lee.
"But not tonight!", rief Marie entsetzt. Das ging ihr nun doch zu weit. Für heute hatte sie genug erlebt. Ihr taten noch immer die Füße weh von dieser wahnsinnigen Touristentour am Morgen, und vom Detektivspielen war sie müde geworden.
"Okay. Tomorrow morning. Let's go into the house, and if we **meet** someone inside, we'll say that Mrs Parker asked us to water the flowers."
Marie nickte, obwohl ihr allein schon bei dem Gedanken, sie könnten dem unfreundlichen Mann wieder begegnen, ein kalter Schauder den Rücken hinunterlief.

---

the same derselbe
have to müssen
meet treffen

Als sie am nächsten Tag am Haus ankamen, sah auch Lee ein bisschen ängstlich aus.
“It’s all **for your benefit**”, sagte er dann. “You’ll have a really **exciting** holiday.”
Marie lächelte. “Great”, meinte sie. “But really, I’ve nothing **against** holidays by the sea. **Just** sitting on the beach, reading a book or swimming **would be fine with me**.”
Lee grinste. “After visiting Mrs Parker you’ll have a nice, **calm** holiday”, erklärte er. “But first we’ll drink a cup of tea with her.”
Doch Marie ahnte gleich, dass daraus nichts werden würde. Und so kam es auch.
Gemeinsam gingen sie zur Haustür. Lee atmete einmal tief durch. Dann betätigte er den Türklopfer, einmal, zweimal, dreimal. Im Haus tat sich nichts. Auch am Fenster erschien dieses Mal niemand.
“Let’s go in”, entschied Lee.
Er kramte den Schlüssel aus der Hosentasche und drehte ihn im Schloss um. Die Tür sprang auf.
Ein lautes Maunzen war zu hören.
“Cindy!”, rief Lee und nahm die schwarze Katze auf

---

for your benefit deinetwegen
exciting aufregend
against gegen
just nur
would be fine with me wären mir recht
calm ruhig

den Arm. Cindy maunzte unaufhörlich. Sie sah bekümmert, eigentlich sogar fast beleidigt aus. "Are you hungry, pussycat?", seufzte Lee und ging mit ihr in die Küche. Marie folgte den beiden.
Ein Blick genügte und sie wussten, dass jemand hier gewesen war. Die Gartentür zum Park stand weit offen. Und direkt an der Hintertür des Hauses hatten sich die anderen Katzen versammelt und warteten auf ihr Futter.
"He left the house through the garden", bemerkte Marie.
"And he wasn't here to feed the cats." Lee seufzte und streichelte Cindy.
"Perhaps he was here to steal money", überlegte Marie weiter. "I'll look in her purse. **Do you remember** how much money there was inside?"
"About 160 pounds", erinnerte sich Lee.
"**Quite a lot**", gab Marie zu.
Während Lee die Katzen fütterte, ging Marie in die Küche und zog die Geldbörse aus dem Schrank. Sie öffnete sie und zählte das Geld. Die 160 Pfund waren noch vollständig da.
Marie sah sich in der Küche um. Sie warf einen Blick in den Aschenbecher. Benson & Hedges. Derjenige,

---

do you remember erinnerst du dich
Quite a lot. Ziemlich viel.

der die Nacht in diesem Haus verbracht hatte, hatte ordentlich gequalmt. Der Aschenbecher quoll fast über.
"Marie!" Lee stand plötzlich hinter ihr. "Someone's coming. There are two people at the **back door**."
"What!" Marie bemühte sich, nicht in Panik zu geraten. "What shall we do?"
"**Hurry up!** Come with me!"
Lee zog Marie mit sich in die Küche. Hier öffnete er so schnell er konnte eine Tür. Sie führte in die Vorratskammer. Dunkel war es, und es roch nach fauligen Kartoffeln und Zwiebeln. Leise schloss Lee die Tür hinter sich. Gerade noch rechtzeitig, um den beiden Unbekannten zu entkommen.
Es waren ein Mann und eine Frau. Sie sprachen schnell, aber Marie konnte einiges verstehen. Um Geld ging es. Und auch um Mrs Parker, die die beiden allerdings Aunt Margaret nannten.
"Look", sagte die Männerstimme. "There's her purse. But why is it here, on the table? I **swear** I put it back in the cupboard."
Mist!, dachte Marie. Hoffentlich fangen sie jetzt nicht an, nach uns zu suchen.
"How much money is there in it?", wollte die Frau wissen.

---

back door Hintertür
Hurry up! Beeil dich!
swear schwöre

"160 pounds."
"Not bad. I can use it to pay my **bills**. You know I've **lost** my job, John."
"**All right**, all right. I haven't got any money **either**. **Let's split it** before the others come. You know Kathy's always interested in money."
Es entstand ein kurzes Schweigen. Wahrscheinlich teilten sich die beiden das Geld.
Lee und Marie hatten ihre Ohren an die Tür des Vorratsraumes gelegt, um besser hören zu können. Jetzt sahen sie einander kurz an. Marie wusste, was Lee dachte. Wo war Mrs Parker? Was hatten sie mit ihr gemacht? Hatten sie sie skrupellos beseitigt, um an ihr Geld zu kommen?
Jetzt maunzte eine Katze in der Küche. Es war bestimmt Cindy.
"**Beat it, you bloody cat!**", knurrte dieser schreckliche Typ, der offensichtlich John hieß.
Cindy jaulte auf. Wahrscheinlich hatte man ihr einen Tritt versetzt.
"When the house **belongs to** us, I'll give all the cats to Buster", tönte John laut. Dann lachte er rau.

---

bills Rechnungen
lost verloren
All right. In Ordnung.
either auch (nicht)
let's split it teilen wir es
Beat it, you bloody cat! Hau ab, du verdammte Katze!
belongs to gehört

Marie lief ein Schauer über den Rücken. Ihr fiel ihre Begegnung mit dem großen Hund Buster ein, und sie wusste, was das für die Katzen bedeuten würde.
"Let's go upstairs", schlug John dann vor. "There are some interesting things up there, Patricia. **Jewellery and antiques**. Hurry up. I'm sure Kathy and old Sue will **arrive** this afternoon. And I'm **also** sure that they don't know about **most** of Aunt Margaret's **precious** things."
"And I hope **you didn't take anything** last night", zischte Patricia. Ihre Stimme hatte einen bösen Unterton.
Da wäre ich mir nicht so sicher, dachte Marie.
Sie hörten, wie die beiden die Küche verließen. Danach knarrten die Treppenstufen.
"They're going upstairs. Hurry up. Let's **get out** of here", flüsterte Lee.
Das musste er kein zweites Mal vorschlagen. Marie hatte verdammt Angst, in dieser kleinen Vorratskammer erwischt zu werden. Die Ausrede, sie ständen hier, um die Blumen zu gießen, wäre doch ziemlich unglaubwürdig gewesen.

---

jewellery and antiques Schmuck und Antiquitäten
arrive ankommen
also auch
most die meisten
precious wertvoll
you didn't take anything du hast nichts mitgenommen
get out *hier:* verschwinden

Schnell huschte sie hinter Lee her. Leise öffneten sie die Küchentür und schlichen auf Zehenspitzen zum Hauseingang. Als Lee die Haustür öffnete, knarrte sie leise. Beide hielten den Atem an und horchten. Aber niemand schien etwas gehört zu haben.
Als sie aus dem Haus waren, huschten sie so schnell wie möglich durch den Vorgarten. Dann gingen sie betont langsam die Straße entlang. Selbst wenn die beiden Gauner in diesem Moment zufällig aus dem Fenster geschaut hätten, hätten sie sie kaum für verdächtig gehalten.

“Let’s think it over”, sagte Lee, als sie auf einer Bank am Strand Halt machten. “There’s one person in the house, who stays there all night, smoking and looking for money. The next morning, there are two people looking for money. And they’re waiting for **more** people. So how do they know that Mrs Parker’s not at home? And why are they so sure that she won’t come back?”
“Don’t ask me”, stöhnte Marie. “I think they believe that Mrs Parker’s dead. And **they’re considering** how to **divide** the house, the money and all the other things.”

---

more mehr
they’re considering sie überlegen sich
divide aufteilen

"And of course **whoever** is there first gets all the money", überlegte Lee weiter. "But how can they be sure that she's dead? She was very much alive when I **saw** her the day before yesterday."
"Perhaps John **murdered** her and **hid** her on his farm", sagte Marie.
Lee starrte sie entsetzt an. "Are you crazy? You can't say **such** things."
"Sorry." Marie schwieg. Aber ihre letzte Bemerkung ging keinem von beiden mehr aus dem Kopf.
"Is it **far** to his farm?", wollte Lee wissen.
Marie schüttelte den Kopf. "No, not really. **We can manage it** easily by bike."
Lee sprang auf.
"Let's not wait **until** tomorrow", sagte er. "Perhaps there's a chance that she's still **alive**."
Marie nickte. Sie hatte einen dicken Kloß im Hals. Klar, Abenteuer zu erleben war recht spannend, aber musste es ausgerechnet eines mit Mord und Totschlag sein?

---

whoever wer auch immer
saw sah
murdered (her) hat (sie) ermordet
hid hat versteckt
such solche
far weit
we can manage (it) wir schaffen es
until bis
alive am Leben

Wo steckt Mrs Parker?

Eine halbe Stunde später trafen Lee und Marie auf dem Hof ein. Er wirkte verlassen. Reifenspuren wiesen darauf hin, dass jemand mit dem Auto weggefahren war.

Marie zog eine Tüte Hundeleckerchen aus der Tasche. Auf dem Weg zum Bauernhof waren sie an einem Supermarkt vorbeigekommen und hatten vorgesorgt. Trotzdem war Marie bei dem Gedanken an Buster nicht ganz wohl. Was sollten sie tun, wenn er sich von einem Leckerchen nun nicht beeinflussen ließ?

Leise traten die beiden auf den Hof und sahen sich um. Weit und breit war niemand zu sehen – weder Hund noch Mensch.

Vor einem Fenster waren ein paar Bretter zu einem Stapel aufgeschichtet. Lee kletterte dort hinauf und konnte nun mühelos das Fenster erreichen. Er legte seine Hände rechts und links an die Schläfen und schaute ins Haus.

"No one there", meinte er und sprang zu Marie herunter. "What shall we do?"

"We **could** ring the bell and ask for something", schlug Marie vor. Doch eigentlich gab es keinen Grund dafür.

---

could könnten

Da erhielten sie unerwartete Hilfe. Eine Radfahrerin kam die Straße entlang. Als sie Lee und Marie vor dem Haus stehen sah, hielt sie kurz an.
"Mr Steward isn't at home", rief sie. "He **left** yesterday evening."
Lee und Marie konnten ihr Glück kaum fassen.
"You see, his car's **gone**", erklärte die Frau weiter. Dann winkte sie ihnen zu und fuhr davon.
"Thanks", rief ihr Lee hinterher und leise raunte er Marie zu: "Now we know what to do." Und er ging zur Eingangstür und rüttelte daran.
Marie schaute sich nervös um.
"Are you really – are you really going to go into the house?", flüsterte sie.
"Of course", versicherte Lee ernsthaft. "If Mrs Parker is **imprisoned** in there, we've got to help her."
Marie wurde vor Aufregung ganz übel. Sie war noch nie einfach so ohne Erlaubnis in ein fremdes Haus eingedrungen. Ihre Besuche in Mrs Parkers Cottage waren ihr im Grunde schon zu viel gewesen.
"I don't know", begann sie unsicher. "Perhaps we should **call** the police."
Lee zuckte die Achseln. "Perhaps. But what if Mrs

---

left ist weggefahren
gone *hier:* weg
imprisoned gefangen
call rufen

Parker's not here and the police **find** her in London, sitting in her sister's living room?"

Lee ging zu einem der Seitengebäude und rüttelte dort an einer schmalen Tür. Völlig überraschend sprang sie auf.

Vorsichtig spähte Lee in den dunklen Vorraum, der sich vor ihm auftat. Dann ging er zögernd hinein.

"Lee", rief Marie entsetzt.

Das fehlte gerade noch, dass er im Haus verschwand und sie hier draußen ganz alleine stehen ließ. Sie eilte über den Hof und schlüpfte hinter Lee durch die Tür.

Der Vorraum war dunkel. Gerümpel stand links und rechts vom Eingang und erschwerte ihnen den Zutritt. Lee bahnte sich seinen Weg und steuerte auf eine Tür an der rückwärtigen Wand zu. Marie war ihm dicht auf den Fersen. Sie hatte immer noch ein ungutes Gefühl. Wenn Buster nun plötzlich auftauchte? Oder noch schlimmer: Wenn dieser fiese John plötzlich vor ihnen stand?

Am allerschrecklichsten war aber die Vorstellung, plötzlich auf Mrs Parker zu stoßen. Mrs Parker, die vielleicht gefesselt und geknebelt in einer Abstellkammer saß.

Sie hatten die Tür erreicht. Sie knarrte leise, als Lee sie langsam öffnete. Jetzt standen die beiden in einem

---

find finden

finsteren Treppenhaus. Eine Treppe führte in den Keller, eine ins obere Stockwerk. Außerdem tat sich ein langer Flur vor ihnen auf, von dem auf beiden Seiten Türen abgingen.

"**Let's separate**", schlug Lee zu Maries Entsetzen vor. "I'll go downstairs to look in the cellar. You can **search** the rooms on this **floor**. If you find anything strange, you must **shout** very loudly, okay?"

Nein, nein!, hätte Marie am liebsten geschrien. Geh nicht in den Keller. Komm, lass uns verschwinden. Doch sie kam nicht dazu, etwas zu sagen. Lee war schon die Treppe hinunter gegangen.

Mit klopfendem Herzen und eiskalten Händen öffnete Marie die erste Tür und trat in eine ziemlich unaufgeräumte Küche. Das Geschirr stapelte sich in der Spüle und auf dem Herd, Essensreste standen herum und der Mülleimer quoll über. Es stank ziemlich eklig. Marie beeilte sich, in das nächste Zimmer zu kommen. Dieser chaotisch aussehende Raum sollte wohl das Wohnzimmer darstellen, denn es gab einen niedrigen Tisch, ein Sofa und einen Fernseher. Mitten auf dem Tisch lag ein Stapel Papier, alte Zeitungen, Rechnungen und leere Zigarettenschachteln der Marke Benson & Hedges.

---

let's separate trennen wir uns
search durchsuchen
floor Stockwerk
shout rufen

Warum Marie ausgerechnet die Zettel durchblätterte, konnte sie später auch nicht mehr sagen. Irgendwie hatte sie den Wunsch, irgendetwas zu finden, was mit Mrs Parkers Verschwinden zusammenhängen könnte.
Und dann hielt sie plötzlich einen Brief in der Hand. Mit einer alten Schreibmaschine mit schlechtem Farbband hatte jemand einen Brief geschrieben, der mit "My dearest **nieces** Patricia and Kathy, dear John, my **beloved** sister Sue" begann. Der Brief war mit "Margaret Parker" unterzeichnet.
Marie überflog den Brief, konnte sich vor lauter Aufregung aber kaum konzentrieren. Irgendwie las er sich wie ein Abschiedsbrief.
Plötzlich hörte Marie aus dem Keller ein lautes Knurren, danach ein ohrenbetäubendes Bellen und schließlich einen lauten Schrei.
Marie spürte, wie ihr die Farbe aus dem Gesicht wich. Buster! Er würde Lee zerfleischen! Bestimmt!
In aller Eile stopfte sie den Brief in die Tasche ihrer Jeans und rannte aus dem Zimmer. Auf der Kellertreppe bemühte sie sich, leise zu sein. Sie wollte Buster auf keinen Fall zusätzlich aufregen.
Es dauerte einen Augenblick, bis sich ihre Augen an die Dunkelheit gewöhnt hatten. Dann sah sie Lee in

---

nieces Nichten
beloved geliebt

einer Ecke des Kellers stehen. Vor ihm hatte sich Buster aufgebaut. Er hatte die Ohren nach vorne gestellt und den Schwanz eingezogen. Seine Zähne leuchteten weiß.

Marie griff in ihre Hosentasche und zog ein Leckerchen hervor.

“Buster”, sagte sie leise.

Buster drehte sich zu ihr um und begann sofort wieder zu knurren. Dieses Mal aber in ihre Richtung.
“Buster”, lockte Marie wieder und bemühte sich um eine mutige Stimme. “What a nice dog you are.” Noch während sie das sagte, fiel ihr ein, dass sie schon einmal so mit Buster geredet hatte und dabei fast von ihm gebissen worden war. “Would you like to have a … äh … Leckerchen.”
Immerhin schien Buster in dieser Hinsicht Deutsch zu können. Er legte den Kopf schief und kam näher.
Vorsichtig bewegte sich Lee aus der Ecke heraus und schlich sich zur Treppe. Er machte Marie ein Zeichen, ihm nachzukommen. Dann stahl er sich leise davon.
Nun war Marie mit Buster allein. Aber so schlimm schien der Hund gar nicht zu sein. Er kam näher und näher und wedelte nun endlich gutmütig mit dem Schwanz. Vorsichtig warf Marie ihm ein Leckerchen hin. Dann griff sie in die Tasche und zog ein zweites hervor.
Buster schien nichts Gutes gewöhnt zu sein, denn er wedelte jetzt stärker. Mit großem Interesse verfolgte er jede ihrer Bewegungen. Marie zögerte. Dann aber streckte sie die Hand aus und streichelte Busters dicken Kopf. Es schien, als habe er sie in sein Hundeherz geschlossen, denn er versuchte sofort, ihr die Schnauze in die hohle Hand zu stoßen und ihr die Finger zu lecken.

Lee staunte nicht schlecht, als Marie und Buster nebeneinander die Kellertreppe hochkamen.
"I hoped you'd lock the dog the cellar", stöhnte er.
"Don't be afraid", beruhigte ihn Marie. "Buster and I are friends now."
Und sie streichelte dem Hund wieder über den Kopf. "**By the way**, I **found** a letter …"
Weiter kam Marie nicht. Im selben Moment hörten die beiden, wie sich ein Auto langsam dem Hof näherte. Buster schien das Geräusch zu erkennen, denn er hatte die Ohren bereits wieder gespitzt und wartete gespannt.
"Let's **get away** before it's too late", schlug Lee vor.
Marie nickte. Sie liefen auf den Hof, holten ihre Räder und fuhren ein Stück die Straße hinauf. Das war eine gute Idee, denn das Auto kam tatsächlich aus der anderen Richtung und bog in den Hof ein. Es war ein alter weißer Austin mit vier Frontscheinwerfern. Kein Zweifel, dieser John saß am Steuer.
"**Luckily** we got away **in time**", murmelte Lee. "But Mrs Parker is still **missing**."

---

by the way übrigens
found habe gefunden
get away abhauen
luckily zum Glück
in time rechtzeitig
missing verschwunden

Abschied für immer?

"My dearest nieces Patricia and Kathy, dear John, my beloved sister Sue", las Lee vor. "I hope you will not be too sad when you read this letter. For the last **couple of** months **I haven't felt well**. I've been ill for a long time, and I feel unhappy and **lonely**. **I have therefore decided** to bring my life to an end. I will go to one of my favourite **spots in the woods** to give myself **peace**. If my body is found, please **bury me** next to my beloved Edward. **Farewell**, my dears, farewell. With love, Margaret Parker."

Lee und Marie lehnten sich an die Lehne der grünen Bank im Stadtpark und starrten auf das weiße Blatt Papier in Lees Hand.

"What does it mean?", fragte Marie verwundert. Dabei hatte sie im Grunde genug verstanden, um zu wissen, dass dies ein Abschiedsbrief war. Mrs Parker hatte beschlossen zu sterben.

---

couple (of) paar
I haven't felt well habe ich mich nicht wohl gefühlt
lonely einsam
I have therefore decided Ich habe mich deswegen entschieden
spots in the woods Plätze im Wald
peace Frieden
bury me begrabt mich
Farewell Lebt wohl

"It means she **said goodbye to** all her **relatives** and went to **commit suicide**." Lee runzelte noch während er sprach die Stirn.
"And are you sure she did?", wollte Marie wissen.
Lee schüttelte energisch den Kopf. "No, never. Nie in Leben."
"Im Leben", verbesserte ihn Marie automatisch.
"She loved her cats, and she'd never **leave them alone**. And she wasn't unhappy or lonely. She had her Non-Smokers Club, she had some old ladies who visited her, she had me ..." Lee schluckte. Er warf noch einmal einen Blick auf den Brief. "And I can't remember her being ill." Er überlegte. "No, she never was. Only for a week or so when she **caught a cold**, but that's no **reason** to commit suicide."
"You talk about her in the **past**", bemerkte Marie. "As if she's dead."
Lee schlug die Hände vors Gesicht. "I'm afraid she is", sagte er leise.
Eine Weile sprachen sie nichts. Sie saßen schweigend

---

said goodbye to verabschiedete sich von
relatives Verwandten
commit suicide Selbstmord begehen
leave them alone sie alleine lassen
caught a cold hat sich erkältet
reason Grund
past Vergangenheit

auf der Bank und starrten in den Himmel. Möwen flogen kreischend durch die Luft. Vom Meer herauf war das Rauschen der Brandung zu hören.
Marie räusperte sich.
"Do you think John **killed** her?"
Lee antwortete nicht. Er starrte weiter in den blauen Himmel, über den gemächlich ein paar Schäfchenwolken zuckelten. Marie wurde die Sache unheimlich.
"Lee!", rief sie unglücklich. "I won't believe she's dead. I think there must be a … äh … Erklärung … äh … an explanation?"
Lee zog die Augenbrauen hoch und schaute sie ernst an. Dann sagte er: "I think that one of her relatives has killed her to get her money."
"And the letter?"
"The letter is **written** on a **typewriter**. **Anybody** could do it."
"And her **signature at the bottom**?"
"Could have been **forged**."
Marie zog ihre Beine an den Körper und umschlang ihre Knie mit den Armen. Ihr war kalt.

(has) killed (hat) getötet
written geschrieben
typewriter Schreibmaschine
anybody irgendeiner; *hier:* jeder
signature Unterschrift
at the bottom unten, am Ende
forged gefälscht

"I think so, too", sagte sie dann leise. "It's because of the money."
"Yes", bestätigte Lee. "They're very **greedy**."
Sie schwiegen erneut.
"What shall we do?", überlegte Marie dann. "Shall we call the police?"
"Why? We can't prove anything."
"Perhaps we should tell your mother", schlug Marie weiter vor. "Perhaps she can help us."
Lee antwortete nicht.
Marie sprang auf.
"Okay", sagte sie dann. "Let's go to Mrs Parker's house again to look for her typewriter. If we find one that writes **differently**, it's very **unlikely** that she wrote the letter **herself**. And it would also be good to find something with her signature on it."
"Good idea, Miss Marple", musste Lee zugeben. "Let's go!"

Es war nach wie vor ziemlich aufregend, in Mrs Parkers Haus herumzustreifen und nach einer Schreibmaschine zu suchen. Schließlich fanden sie eine in einer Ecke des Dachbodens.

---

greedy gierig
differently anders
unlikely unwahrscheinlich
herself selbst

"Do you have **a piece of paper**?", fragte Lee ungeduldig, während er die Schreibmaschine auf dem Fußboden ausklappte.
"I'll look for some in her living room", sagte Marie. Sie beeilte sich, die Bodentreppe hinunter zu klettern. In Mrs Parkers Wohnzimmer fand sie einen alten Sekretär. Sie öffnete ihn hektisch und suchte nach Briefpapier. Dann sah sie verschiedene Briefe

---

a piece of paper ein Blatt Papier

und Karten, die in einem Seitenfach geordnet lagen. Es waren Briefe von ihrer Schwester aus London und Karten aus aller Welt. Leider aber keine Unterschrift, die man mit der im Brief hätte vergleichen können. Marie zwang sich, sich zu konzentrieren. Was wollte sie hier? Ach ja, ein Blatt Papier. Sie öffnete einen Briefblock und riss eine Seite heraus.

Plötzlich knackte etwas. Es hörte sich wie das Knarren alter Holzstufen an.

“Lee?”, rief Marie.

Es kam keine Antwort.

“Lee?”, rief Marie lauter. Diese ganze Schnüffelei, dieses geheimnisvolle Verschwinden und dieser Abschiedsbrief zerrten langsam an ihren Nerven. Wahrscheinlich sah und hörte sie jetzt schon Gespenster.

Trotzdem stand Marie auf und trat auf den Flur. Hier war niemand. Oder doch? War da nicht ein Schatten hinter dem Vorhang?

“Lee?”, fragte Marie noch einmal. Doch es kam keine Antwort.

“Jetzt tick hier bloß nicht ab”, sagte sich Marie laut. Sie drehte sich um und kehrte ins Wohnzimmer zurück. Erneut begann sie, in dem alten Sekretär zu kramen.

Nun fiel ihr Blick auf einen roten Zettel, der in einer kleinen Schublade lag. “PIN number: 4367” stand darauf.

Wieder knarrte es. Dieses Mal lauter.

"Where are you?", hörte sie plötzlich Lees Stimme hinter sich.
Marie zuckte zusammen.
"Oh, Lee!", flüsterte sie. "**If you frighten me like that** I'll **die of a heart attack** and you can bury me next to Mrs Parker."
"That spot is **already taken**", grinste Lee. "Her husband Edward is lying there."
Marie zog das Stückchen Papier aus der Schublade. "Have a look at this. What do you think it is?"
"PIN number." Lee überlegte. "Perhaps it's the number of her **bank account**."
Marie zog die Stirn kraus. "Bank account. What does that mean?"
"Bank account. Bank. Where your money is **kept**."
"Oh," Marie nickte, "I understand. So **it might** be better if I take this **note** with me. If John finds her **credit card**, he'll **probably** take all her money."
"You're right", nickte Lee.
Marie steckte den kleinen roten Zettel in ihre Ho-

---

if you frighten me like that wenn du mich so erschreckst
die of a heart attack an einem Herzinfarkt sterben
already taken schon besetzt
bank account Bankkonto
kept aufbewahrt
it might es könnte
note Zettel
credit card Kreditkarte
probably wahrscheinlich

sentasche. “Okay”, sagte sie dann. “Let’s have a look at the typewriter.”
Mit dem weißen Blatt Papier, das sie vom Briefblock gerissen hatte, stieg sie mit Lee auf den Dachboden zurück. Lee legte eine Kante hinter die Walze und drehte das Papier ein.
“They used typewriters like this **about a hundred years ago**”, grinste er.
Er tippte verschiedene Buchstaben und auch den Satz “My dearest nieces Patricia and Kathy, dear John, my beloved sister Sue”. Dann zog er das Blatt aus der Walze und legte es neben den Abschiedsbrief.
Es war sofort zu erkennen, dass die Briefe auf derselben Maschine geschrieben waren. Das e war verschmiert, das P nur halb zu sehen und das y hatte einen abgebrochenen Strich nach unten.
“Klar wie Kloßbrühe”, sagte Marie. “The letter was written on this typewriter.”
“Of course it was”, stimmte auch Lee zu. “Klar wie klosebuhe.”
“Kloßbrühe.”
“Kloßbruhe.” Lee rollte das r und brachte kein ü zustande. Marie grinste.
“Ü.”
“Ue.” Lees Bemühen um die deutsche Sprache war geradezu lobenswert. Marie nickte und lachte.

---

about a hundred years ago vor ungefähr hundert Jahren

"Better."
Lee grinste ebenfalls. Er stellte die Schreibmaschine wieder in die Ecke zurück. Dann ließ er sich in den alten wackeligen Schaukelstuhl fallen, der mitten auf dem Speicher stand. Marie setzte sich auf eine Holzkiste.
"Let's think it over", überlegte Lee. "The letter was written on her typewriter. But what does that mean?"
"Nothing", seufzte Marie. "Perhaps Mrs Parker wrote the letter herself, or someone else wrote it with her typewriter."
"We're **back at the beginning** again", seufzte Lee aus tiefstem Herzen. "What shall we do? What will help us?"
"We have to **find out** more about the rest of the family", überlegte Marie. "I remember John said that her sister is coming tomorrow. Perhaps all her relatives will come to **claim** her money, or to look for her."
"Good idea", stimmte Lee zu. "We must try to find out who **acts suspiciously** and who is really sad about her **disappearance**."

---

back at the beginning da, wo wir angefangen haben
find out herausfinden
claim beanspruchen
acts suspiciously sich verdächtig verhält
disappearance Verschwinden

Die liebe Verwandtschaft

Am nächsten Morgen trafen sich Lee und Marie am Frühstückstisch. Marie hatte gerade die Cornflakes in ein Schälchen gefüllt und Zucker darüber gestreut, als Lee ins Esszimmer kam. Er sah verschlafen aus und seine kurzen roten Haare waren zerzaust. Außer einer blauen Pyjamahose hatte er nichts an.
"Morning", brummte er.
"Good morning", erwiderte Marie.
Nun sah Lees Mutter in die Küche.
"Look at you!", rief sie entsetzt. "Lee Bristow, don't you ever sit down near a lady **without having taken a shower** and brushed your teeth!"
Lee brummte irgendetwas Unverständliches. Das war das letzte, was er sich gewünscht hatte. Sich für ein Mädchen schön machen. Aber seine Mutter kannte keine Gnade. Sie fasste ihn am Arm und zerrte ihn auf den Flur. Marie hörte, wie wenig später im Badezimmer die Dusche ging. Nach kurzer Zeit erschien Lee erneut. Er trug jetzt Shorts und T-Shirt und hatte seine roten Haare mit Gel gestylt.
"Wow!", sagte Marie nun aus tiefstem Herzen. "You look really good. **Honestly**."
Lee grinste.

---

without having taken a shower ohne dich geduscht zu haben
honestly ehrlich

"I know. I'm a star", sagte er schlicht. Dann bediente er sich ebenfalls mit den Cornflakes.
In der Zwischenzeit fischte Marie sich die Zeitung und schlug sie auf. Zeitunglesen war schwer. Krieg im Irak, Terror in Israel, es war genau wie die Zeitung zu Hause. Nur eben, dass sie Mühe hatte, die Überschriften zu verstehen. Wie gut, dass der Wetterbericht wenigstens mit Zeichnungen versehen war. Nach Sonne und Schäfchenwolken sah es aus. Wie schön. Vielleicht ergab sich ja heute einmal die Gelegenheit, an den Strand zu gehen.
Marie blätterte weiter, ohne zu lesen. Dann fiel ihr Blick auf das Bild einer alten Dame mit weißen Haaren und hagerem Gesicht. Sie las die Überschrift: "Margaret Parker is missing".
"Lee!", rief Marie aufgeregt. "There's an **article** about Mrs Parker."
Lee sprang auf und beugte sich über ihre Schulter.
"82-year-old Margaret Parker has been missing for two days", las er laut. "She wrote a letter to her relatives **announcing her intention** to take her own life. Anyone with any information **as to her whereabouts** should **contact** the police **immediately**."

---

article Artikel
announcing her intention (in dem sie) ihre Absicht ankündigte
as to her whereabouts darüber, wo sie sich aufhält
contact kontaktieren
immediately sofort

"Oh", stöhnte Marie. "If the police have been called, it must be very **serious**."
In diesem Moment kam Mrs Bristow in die Küche. Strahlend schaute sie Lee an.
"Hey, Lee, you look wonderful today."
"I know", grinste Lee zurück. "Marie just told me that **I'm definitely her type**."
"Angeber!", zischte Marie.
Mrs Bristow lachte. "And what will you do today? We've got a very interesting museum in Hastings."
"Oh, that's a good idea. We'll go there this morning and **afterwards** we'll go to the beach", beeilte sich Lee zu sagen.
Mrs Bristow nickte erfreut.
"By the way, Lee, did you read the **newspaper**? Mrs Parker has been reported missing. They think she committed suicide."
"Oh no", sagte Lee und warf einen kurzen Blick auf Marie, deren Gesichtsausdruck zum Glück nichts verriet. "I'll have to water the flowers and feed the cats for a long time."
"I'm not so sure", erwiderte seine Mutter. "Probably one of her relatives will **take care of them**."

---

serious ernst
I'm definitely her type ich bin absolut ihr Typ
afterwards danach
newspaper Zeitung
take care of them auf sie aufpassen

Lee nickte. “Yes, probably.” Er stand auf und sah Marie an. “Shall we go now?”
Marie nickte. “Yes, I’m ready”, sagte sie.
Sie holten die Räder aus der Garage und fuhren los. Ohne sich vorher abzustimmen, schlugen sie die Richtung zur Upper Park Road ein, in der Mrs Parker lebte. Aber kaum waren sie an der ersten Kreuzung angekommen, kam ihnen ein Auto entgegen, das ihnen ziemlich bekannt vorkam. Ein weißer Austin mit vier Frontscheinwerfern. Am Steuer saß dieser John. Neben ihm auf dem Beifahrersitz saß eine dicke Frau. Wahrscheinlich war das Patricia. In schnellem Tempo sauste das Auto an ihnen vorbei, ohne dass seine Insassen von ihnen Notiz nahmen.
Lee und Marie hielten nebeneinander an.
“Where are they going so early in the morning?”, wunderte sich Marie.
Lee drehte sich um und starrte dem Auto nach. Es blinkte an der nächsten Kreuzung nach links.
“The station”, rief er. “They’re going to the station. Remember? Kathy and old Sue are arriving today.”
“Oh yes”, nickte Marie. “Let’s go to the station too.”
So schnell sie konnten, radelten sie die Straße wieder hinunter. Bergab ging es jetzt in flottem Tempo. Keine zehn Minuten später waren sie am Bahnhof angekommen. Wie erwartet stand der weiße Austin bereits auf dem Bahnhofsvorplatz.

Der Bahnhof in Hastings war ausgesprochen übersichtlich. Es gab nur zwei Gleise. Durch die Glastür, die zu den Gleisen führte, sahen Marie und Lee John und Patricia stehen.
Marie warf einen Blick auf den Fahrplan.
"The train from London will be here in ten minutes", sagte sie leise zu Lee.
Zehn Minuten waren eine ziemlich lange Zeit, um sich möglichst unauffällig auf einem kleinen Bahnhof aufzuhalten. Lee und Marie drückten sich eine Weile am Zeitschriftenkiosk herum. Dann aber wurde es ihnen unbehaglich. Patricia warf ihnen immer wieder einen aufmerksamen Blick zu, und auch John schaute öfters zu ihnen herüber und sah dabei ziemlich nachdenklich aus.
Gott sei Dank wurde Johns und Patricias Aufmerksamkeit dann durch einen Mann abgelenkt, der mit schnellen Schritten auf die beiden zueilte.
"David!", zischte Patricia.
"Oh no!", fluchte auch John.
Lee und Marie sahen sich den Mann genauer an. Er war deutlich älter als die beiden, hatte ein faltiges Gesicht, einen grauen Bart und schütteres Haar.
"Well, **I don't suppose you were expecting me!**", rief er vergnügt.

I don't suppose you were expecting me. Ich nehme an, ihr habt mich nicht erwartet.

"Oh", sagte Patricia mit hoher Stimme. "I don't think Kathy will be too happy to see you."
Davids Antwort wurde von der Zugansage übertönt.
"**Ladies and gentlemen**, the 10.25 from London to Ramsgate is now arriving at **platform** one. **Calling at** Folkestone and all stations to Ramsgate."
John, Patricia und David stellten sich nun nebeneinander auf. Lee und Marie hielten sich im Schatten der zweiten Reihe und beobachteten das Geschehen.
Quietschend fuhr der Zug ein. Die Fahrgäste strömten zu den Waggons, Türen wurden aufgerissen, Menschen umarmten sich, andere verluden ihr Gepäck, stiegen ein oder aus.
Eine weißhaarige Frau mit einem altmodischen Spitzentaschentuch in der Hand eilte auf die Parkerverwandten zu. Ihr folgte eine hagere Frau mittleren Alters, die schwer an zwei Koffern und einer zusätzlichen Reisetasche schleppte.
"Sue, my dear!", flötete Patricia und schloss die alte Frau in die Arme. Der liefen die ganze Zeit die Tränen über die Wangen.
"What **happened** to Margaret?", jammerte sie und schniefte. "Has anybody found her?"

Ladies and gentlemen Meine Damen und Herren
platform Bahnsteig
calling at (all stations) hält an (allen Bahnhöfen)
happened ist passiert

"**Not yet**", mischte sich John ein und reichte Sue die Hand.
Die Hagere hatte nun David erblickt. Voller Wucht setzte sie die Koffer ab und starrte ihn an.
"**What the hell** is he doing here!", kreischte sie.
"Oh, Kathy, no **screaming** please", versuchte David sie zu beruhigen. "I'm so **glad** to see you!"
"Go to hell!", schrie diese Kathy und ihre Stimme überschlug sich. "You're here to look for money, aren't you? You're thinking about the **inheritance**, aren't you? **When money's involved**, my beloved ex-husband is **punctual** to the minute."
Marie und Lee standen wie erstarrt und verfolgten das Geschrei mit großen Augen.
"Let's go to Margaret's house", versuchte John zu vermitteln. "We should talk **in private**."
Mit diesen Worten drehte er sich zu Lee und Marie um. Lee reagierte prompt. Blitzschnell schlang er seine Arme um Maries Schultern und drückte ihren Kopf an seine Brust.

---

not yet noch nicht
what the hell was zum Teufel
screaming Geschrei
glad froh
inheritance Erbe
when money's involved wenn es um Geld geht
punctual pünktlich
in private privat, *hier:* unter uns

Marie war verwirrt. Soll ich ihn jetzt etwa küssen?, dachte sie erschrocken. Das hatte sie zwar schon hundertmal im Film gesehen, aber noch nie ausprobiert. Also beschloss sie, sich einfach nur an Lee zu kuscheln.

Die anderen schienen sich Johns Vorschlag anzuschließen, denn sie gingen langsam zum Parkplatz.

Auf dem Vorplatz redeten sie noch einmal hektisch miteinander. An ihren Gesten war zu erkennen, dass sie David nicht mit in ihren Wagen steigen lassen wollten. Kathy schubste ihn schließlich von Johns Wagen fort, stieg schnell ein und knallte ihm die Tür vor der Nase zu. So blieb David allein, aber höhnisch grinsend auf dem Bahnhofsvorplatz zurück.

Mit quietschenden Reifen raste der weiße Austin davon. Dann ging auch David zu seinem Auto. Er fuhr einen alten blauen Ford.

Lee ließ Marie los.

"Sorry", sagte er hastig und Marie sah, dass seine Ohren die Farbe seiner Haare angenomen hatten.

"It's okay", grinste sie. "It was a good idea. **Nobody pays any attention to lovers**."

Lee nickte erleichtert. Dann gingen sie eilig zu ihren Rädern.

Nobody pays any attention to lovers. Auf Liebespaare achtet keiner.

Familienrat

Ohne lange miteinander zu reden, schlugen Lee und Marie erneut den Weg zu Mrs Parkers Haus ein. Als sie dort ankamen, lehnten sie ihre Räder gegen den Steinwall. Sie duckten sich hinter den Wall und lauschten. Stimmen drangen aus den geöffneten Fenstern im Erdgeschoss, aber es war nicht zu verstehen, worüber gesprochen wurde.

Lee und Marie sahen sich an.

“What shall we do?”, fragte Marie ratlos.

Lee zuckte die Achseln.“Let’s go in”, schlug er vor. “I promised Mrs Parker I would take care of the cats and the flowers. That’s why we’re there, if anybody asks.”

Marie war die Sache unangenehm. So einfach in ein Familientreffen hineinzuplatzen gehörte sich nicht unbedingt.

“I don’t think it’s a good idea,” murmelte sie. “It isn’t polite to **disturb** a family meeting.”

“Oh, Marie, we’re not here to be polite, but to **solve the mystery** of Mrs Parker’s disappearance.”

Ui. Das klang zwar ein bisschen großspurig nach Kalle Blomquist, aber irgendwie hatte Lee Recht.

“Okay. I’ll come with you”, sagte Marie entschlossen.

---

disturb stören
solve the mystery das Rätsel lösen

“Thanks”, sagte Lee und grinste sie aufmunternd an. Er zog seinen Schlüssel aus der Hosentasche, zwinkerte Marie noch einmal zu und gemeinsam durchquerten sie den Vorgarten. Lee schloss die Haustür auf.
Schon im Flur schlug ihnen beißender Zigarettenqualm entgegen. Lee und Marie gingen zur Küche, wo sie Mrs Parkers Verwandten vermuteten. Und richtig: Die ganze Familie hockte am Küchentisch. Sie tranken Cola und Bier und rauchten.
Puh, dachte Marie. Wenn das Mrs Parker sehen würde. Sie als Vorsitzende des Nichtraucherclubs. Also spätestens jetzt würde sie an einem Herzschlag sterben. Arme Mrs Parker. Obwohl sie ihr nie begegnet war, hatte sie sie schon richtig fest in ihr Herz geschlossen.
Beim Anblick der beiden sprang Kathy kreischend auf. “And who are you?”
Auch der Rest der Familie starrte Lee und Marie misstrauisch an.
“What are you doing here?”
Lee hatte sein höflichstes Tanzstundengesicht aufgesetzt, als er sagte: “My name is Lee Bristow. I’m here to take care of the cats and flowers while Mrs Parker is on holiday.”
“Oh!”, brummte John höhnisch und seine Augen rollten böse. “And who told you to do that?”
“Mrs Parker”, antwortete Lee höflich. “She told me she wanted to visit her sister in London, and she

asked me to feed her cats and water her flowers until she **came back**."
"Ahh!", kreischte Kathy nun, als habe sie eine Fata Morgana gesehen. "She's alive. I told you, she's still alive."
"Shut up!", fuhr John sie an.
Er redet mit ihr wie mit seinem Hund, fiel Marie auf. Bis jetzt hatte sie nur stumm dabei gestanden und von einem zum anderen gestarrt. Diese Verwandtschaft war wirklich schrecklich. Die einzige Normale war vielleicht Mrs Parkers Schwester Sue. Sie saß stumm am Tisch, knetete ein Taschentuch zwischen den Händen und wischte sich hin und wieder damit die Augen.
"She said she'd come to visit me in London", sagte sie nun an Lee gewandt. "But she never arrived."
"Oh no", sagte Lee und riss die Augen weit auf.
Ein toller Schauspieler, dachte Marie anerkennend.
"But **that's none of your business**", meldete sich jetzt Patricia zu Wort und sah Lee böse an. "She's not here, so **beat it**!"
Das klang nicht gerade höflich. Aber Lee ließ sich nicht abschrecken. "Sorry, but I have to take care of the cats and the flowers", begann er noch einmal. "Or did any of you feed the cats?"

---

came back zurückkommen würde
That's none of your business. Das geht dich nichts an.
beat it hau ab

"**Stupid** cats!", zischte John. "I'll take them home to feed my dog."
"I'll feed the cats **as long as** Mrs Parker is **away**", fuhr Lee unbeirrt fort.
Er öffnete nun die Tür zum Garten und trat hinaus. Mit einem Satz kam ihm Cindy entgegen und wimmerte und maunzte. Vorwurfsvoll sah sie ihn an.
"Sorry, princess, it's **not my fault**", sagte Lee leise und streichelte sie. "Go to **nasty** John and **scratch out** his eyes."
Dann füllte er die Schüsseln mit Futter. Marie half ihm dabei. Sie holte Wasser aus dem Wasserhahn im Garten und füllte auch das Trinkschälchen.
"Cindy, Lindy and Stunky and … and what?"
"Cindy, Lindy, Windy, Stunky and Punky", grinste Lee.
Aber Marie brauchte nicht noch einmal zu rufen. Von allen Seiten kamen nun die Katzen angelaufen und umstanden die Futterschüssel. Sie fraßen schnell und mit großem Appetit.
In diesem Augenblick trat Mrs Parkers Schwester durch die offene Gartentür.

---

stupid blöd
as long as solange
away weg
not my fault nicht meine Schuld
nasty fies
scratch out kratze … aus

“**Oh dear, so many** cats”, rief sie erstaunt beim Anblick der Katzen. “I had **no idea**! I only remembered two of them.”
Lee lächelte traurig.
“Mrs Parker couldn’t say no”, erzählte er. “When a sad, hungry cat came to her, she fed it.”
“I believe you”, sagte Sue und fuhr sich wieder mit dem Taschentuch über die Augen. “I just don’t understand this. Why did she disappear? What’s really happened? Do you think she committed suicide?”
“I don’t know”, antwortete Lee vorsichtig. “But to tell the truth, **I can’t imagine it**.”

Oh dear! Meine Güte!
so many so viele
no idea keine Ahnung
I can’t imagine it. Ich kann es mir nicht vorstellen.

Die Polizei schaltet sich ein

"Hello!", hörten sie plötzlich eine Stimme hinter dem Gartenzaun.
Lee und Marie drehten sich um, und auch Sue ließ ihr Taschentuch sinken. Zu der Stimme gehörte ein großer, dicker Herr in Polizeiuniform.
"Is this the house of Mrs Margaret Parker?"
"Yes, it is", wagte Marie zu sagen.
"Oh, good. Could you please tell me where the entrance is?"
"You can come in through the garden gate", erklärte Lee und ging dem Polizisten entgegen.
Das Gartentörchen quietschte. Der Polizist musste sich ein bisschen unter den Sträuchern bücken, dann stand er schließlich mitten zwischen den Katzen, die ihm aufgeregt maunzend um die Beine strichen.
"My name is Police Inspector Jamie Walker", stellte er sich vor. "I'm here to **investigate** the disappearance of Mrs Parker."
"Oh, how good that you've come", rief die alte Sue. "All her relatives are here. The others are in the kitchen. We're so **worried** about her disappearance."
"I'd like to talk to them, if that's all right", erwiderte der Polizist.

---

investigate ermitteln
worried besorgt

"Please come in!" Die alte Sue ging voran, der Polizist, Lee und Marie folgten ihr.
Der blaue Dunst in der Küche hatte sich verdichtet, als die vier das Haus betraten. John und Kathy stritten gerade laut und heftig miteinander und leere Bierflaschen standen dicht an dicht auf dem Tisch.
"Oh!", rief John erschrocken, als er den Mann in Uniform bemerkte. "**What's going on?** Did you find Aunt Margaret?" Und er versuchte ganz unauffällig, seine Bierflasche ein bisschen weiter zu Kathy hinüberzuschieben.
Lee und Marie verfolgten die Szene interessiert.
"No, **I'm afraid not**", sagte der Polizist. "We've no idea where to **start our search**. So I've come to ask you about her **habits**. Where she likes to go and what she likes to do. I also need to know which of you saw her last – things like that. **I hope you don't mind.**"
"Of course not." John sagte es eine Spur zu schnell.
"No, of course not", lächelte auch Patricia und warf ihre langen Haare über die Schulter.

What's going on? Was ist los?
I'm afraid not. Leider nicht.
start our search mit unserer Suche anfangen
habits Gewohnheiten
I hope you don't mind. Ich hoffe, es macht Ihnen nichts aus.

Mrs. Parker's family:
Kathy - Niece
Patricia - Niece
Sue - Sister
John - Nephe

Nur Kathy sagte kein Wort. Ihre riesigen hervorstehenden Augen blickten von einem zum anderen. Dann blieben sie an Lee und Marie hängen.
"What about the kids?", fauchte sie. "They've done their job and should go home now. Thanks a lot."
Das "thanks a lot" klang alles andere als nach "danke schön". Es hörte sich eher nach "Verzieht euch!" an.
Lee und Marie zögerten. Sie wären zu gerne beim Verhör dabei geblieben. Lee versuchte es noch einmal auf die höfliche Tour.
"Excuse me, sir", wandte er sich an den Polizisten. "My name is Lee Bristow. I saw Mrs Parker on Friday, July the 2nd. She asked me to feed her cats and water her flowers, because she wanted to go to London to visit her sister. So I saw her the day before she went missing."
"Now, that's very interesting", sagte der Polizist.
Marie biss sich auf die Lippen. War das die Chance, beim Verhör dabei zu bleiben?
Leider nicht. Der Polizist zog einen Notizblock und einen Stift aus der Hosentasche.
"I'll **note down** your address. I'm sure I'll need your **statement** later."
Lee diktierte seine Anschrift und der Polizist notierte sie sich gewissenhaft. Dann wandte er sich an Marie.

---

note down notieren, aufschreiben
statement Aussage

"And you, young lady, can you help us, too?"
Marie schluckte. Mit einem Polizisten Englisch zu sprechen machte sie jetzt doch etwas nervös.
"I don't think so", erwiderte sie und dachte an all die vielen Dinge, die sie schon unternommen hatten, um den Fall aufzuklären. "I came to England on July the 3rd, and I've never met Mrs Parker."
"Okay", nickte der Polizist und notierte sich auch das. "So, Lee, I'll come to your house tomorrow to ask you some questions. **It was nice meeting you.**"
War das ein Rausschmiss? Lee und Marie zögerten noch. Aber Kathy machte ihnen ein eindeutiges Zeichen. Weg mit euch, hieß das.
Langsam verließen Lee und Marie das Haus.

It was nice meeting you. Es war nett, euch kennen zu lernen.

Noch ein Verrückter

Langsam schlenderten sie durch den Vorgarten. Lee warf noch einmal einen Blick zum Fenster im Dachgeschoss hinauf, aber es war geschlossen.

"It's **a pity** we couldn't stay", seufzte er. "I've never listened to a **real** police **interrogation**. Only on TV."

"I too", nickte Marie.

"**Me neither**", verbesserte Lee.

Gerade wollte Marie artig den Ausdruck wiederholen, da sah sie, wie dieser seltsame David auf sie zukam. Er hatte die Hände tief in seinen Taschen vergraben und die Schultern hochgezogen.

"Hello", grinste er schief. "You're the kids I saw at the station, aren't you?"

Lee und Marie wussten nicht, was sie dazu sagen sollten.

Wieder grinste David, aber dieses Mal sah er wirklich ein bisschen irr aus. "I'm looking for my beloved wife and her **charming** family", fuhr er fort. "Do you know **whether** they're in the house?"

---

a pity schade
real echt
interrogation Verhör
Me neither. Ich auch nicht.
charming charmant
whether ob

"Yes, they are", nickte Lee. "And a policeman is also there to ask some questions about Mrs Parker's disappearance."
"Oh!"
David, der sich gerade auf den Weg zum Hauseingang gemacht hatte, kam nun zu den beiden zurück.
"Oh, the police!" Er zögerte. Offensichtlich schien er nicht scharf darauf zu sein, die Bekanntschaft eines Polizisten zu machen. "Well, I think I'll go and see my family later. It wouldn't be polite to **interrupt** an interrogation."
Lee und Marie nickten höflich. Eigentlich machte der Kerl nicht unbedingt den Eindruck, als würde er viel von gutem Benehmen halten.
Nun ging er die Straße langsam wieder hinunter. Lee und Marie schlossen ihre Räder auf und schoben sie neben ihm her.
"Is Kathy really your wife?", fragte Marie.
David blieb stehen und runzelte die Stirn.
"We've been **divorced** for five years", erzählte er nun bereitwillig. "But I still love her."
Er kicherte.
Besonders, wenn sie Geld erbt, dachte Marie.
Lee schien genauso zu denken, denn er zwinkerte ihr zu.

---

interrupt unterbrechen
divorced geschieden

Plötzlich blieb David stehen und musterte die beiden genauer.
"And what about you?", fragte er nun misstrauisch. "You seem to be very interested in what's happened to Mrs Parker."
"Oh, well", versuchte Lee ein harmloses Gesicht aufzusetzen. "Of course we're interested. We know her very well."
"Aha." David kniff die Augen zusammen und musterte die beiden mit unverhohlener Neugier. "And what do you think about her disappearance?"
"We think that something bad happened to her", wagte Lee nun einen entscheidenden Schritt.
David nickte. Dann ging er weiter. Lee und Marie blieben an seiner Seite.
"I think someone's killed her", platzte David heraus.
"Oh! But why?", sagte Marie nun und tat sehr erstaunt.
Das war eine gute Idee, denn David plapperte aufgeregt weiter.
"Yes, I'm **quite** sure. John's always **in debt**, he always needs money. Patricia has no money at all, either. And even Kathy is poor, but she'd never kill anybody."
"But John would?", wollte Lee wissen.

---

quite ganz
in debt verschuldet

"Oh yes", plauderte David fröhlich weiter. "He's really **cruel**. He beat his wife and children before she divorced him."
"That **doesn't surprise me**", erwiderte Marie. "He looks very nasty. I don't like him at all."
Sie gingen schweigend weiter. Lee und Marie sahen einander kurz an. Niemand hatte eine Idee, wie sie das Gespräch fortsetzen konnten.
"And you?", wollte David plötzlich wissen. "Are you **a sort of** Sherlock Holmes and Miss Marple?"
"Oh no, of course not", versuchte Lee schnell zu beschwichtigen.
Doch David schien Gefallen an seiner Idee gefunden zu haben.
"When I was **young**, I liked to play detective myself", fuhr er fort. "I dreamed of **becoming a police inspector**."
"That's interesting", beeilte sich Lee zu sagen.
"If you need any help, please ask me", fuhr David fort. "We can **shadow** the **whole** family, whenever you want. You know, I lost my job three months ago and I have a lot of free time now!"

---

cruel grausam
doesn't surprise me überrascht mich nicht
a sort of eine Art
young jung
becoming a police inspector Polizist zu werden
shadow *hier:* beschatten
whole ganze

"Good to know", lächelte Lee. "Okay, if we need your help, we'll call you."
"I'll give you my card."
David kramte in seiner Hosentasche und zog seine Geldbörse hervor. Als er seine Visitenkarte zückte, erhaschte Marie einen Blick auf die darunter liegende Mastercard.
"Margaret Parker" stand darauf. Er hatte also Mrs Parkers Mastercard an sich genommen.
"Okay, kids", sagte David nun. "I'm thirsty now. I think I'll have a drink at the pub **over there** before I go home."
Er zeigte auf eine Kneipe am anderen Ende der Straße.
"Okay", stimmte Lee zu und schien froh zu sein, ihn los zu werden. "I'm sure we'll meet again **somewhere**. Goodbye."
"Goodbye, and see you soon, detectives", grinste David.
Dann ging er davon. Lee und Marie sahen ihm nach.

"And you're sure it was her Mastercard?" Lee konnte es einfach nicht glauben.
"Of course I'm sure. It had her name on it."
Lee saß auf dem Sattel seines Fahrrades und bewegte sein Rad hin und her, ohne es zu fahren.

---

over there da drüben
somewhere irgendwo

"He must have been in her house, then", analysierte er. "But when?"
"After we went looking for the typewriter", überlegte Marie. "Oh, I'm so angry with myself. Why didn't I take the Mastercard with me?"
"Yes, you're right", ärgerte sich auch Lee. "But he can't do anything with the card without knowing the PIN."
Marie nickte. Das stimmte. Aber es war ärgerlich genug, dass er die Karte hatte.
"So you see, **everyone** in this family is trying to get their hands on the old lady's money. They're in her house looking for anything that's **valuable**."
Marie nickte.
"Perhaps David **kidnapped** her." Sie sah auf seine Visitenkarte. "David Fellows, 45 Harold Road. Do you know where that is?"
"Of course I know", sagte Lee. "Let's take a look at his house. Perhaps we'll find Mrs Parker there alive."
"Oh Lee", flüsterte Marie. "Wouldn't that be wonderful!"

---

everyone jeder
valuable wertvoll
kidnapped hat entführt

Erwischt!

Es war nicht weit. Lee und Marie nahmen den Weg durch den Park und bogen dann in die Harold Road ein.
Das Haus mit der Nummer fünfundvierzig war ein kleines allein stehendes Siedlungshäuschen. Es sah nicht besonders einladend aus. Der Putz blätterte von den Wänden und das Klingelschild war abgerissen. Auch die vertrocknete Pflanze auf der Treppenstufe, besser gesagt, das, was von ihr übrig war, machte den Hauseingang nicht einladender.
"I think Kathy must have **planted** this flower **at least** five years ago", mutmaßte Marie.
Lee nickte. Sollten sie es wagen, auch in dieses Haus einzubrechen? Im Grunde war das nur eine weitere Erfahrung auf dem Weg zum Profi-Einbrecher: erst der Hof von John Steward und jetzt das hier.
"I think we're **well on the way** to becoming real detectives", versuchte Marie sich und Lee Mut zu machen. "We've already **broken into** John's house, so we won't have any difficulties here."
Wieder nickte Lee.

---

planted gepflanzt
at least mindestens
well on the way auf dem besten Wege
(have) broken into (sind) eingebrochen

"I think so, too. But are you sure Mr Fellows doesn't have a dog?"
"Oh, are you afraid of dogs?", kicherte Marie.
Lee antwortete nicht. Er konzentrierte sich auf das Haus. Ob es hier ein offenes Fenster gab? Sie stellten ihre Räder ab und gingen um das Gebäude herum.
Der Garten sah schrecklich aus. Zwischen Stacheldraht und Mülltonnen stapelten sich alte Möbel und dreckige Matratzen.
Und dann sahen sie es. Unglaublich! Auf der Rückseite des Hauses stand ein Fenster offen. Fast so, als hätte es David Fellows direkt für sie geöffnet.
"Hey, Marie!", rief Lee verblüfft. "I don't believe it! An open window."
Auch Marie verschlug es fast die Sprache. Das war ja fast zu schön, um wahr zu sein. Für dieses Fenster brauchten sie noch nicht einmal eine Räuberleiter. Ein bisschen Gehangel, ein großer Hops, dann waren sie drin.
Sie landeten in der Küche. Sie war so schrecklich, wie man es sich in seinen schlimmsten Alpträumen nicht ausmalen konnte. Essensreste standen überall, Berge von schmutzigem Geschirr stapelten sich auf dem Tisch und in der Spüle, alte Zeitungen bedeckten den Fußboden. Diese Küche übertraf sogar das Chaos in Johns Haus bei weitem.
Marie hielt sich die Nase zu und auch Lee schüttelte sich voller Abscheu.

"Okay, we've a hard job **ahead of us**", flüsterte er. "Let's try to find the cellar."
Er öffnete die Tür zum Nachbarraum. Hier war Davids kombiniertes Wohn-Schlaf- und Arbeitszimmer untergebracht. Auch dieser Raum hatte Ähnlichkeit mit Johns Behausung. Die beiden könnten glatt Brüder sein, schoss es Marie durch den Kopf.
Lee und Marie durchquerten den Raum zur nächsten Tür. Lee wollte sie öffnen, aber sie war abgeschlossen. Lee rüttelte daran. Doch sie blieb verschlossen.
"Damn. It's locked", murmelte er.
Marie wandte sich um und erstarrte vor Schreck. Als sich Lee umdrehte, stieß er einen leisen Schrei aus.
Vor ihnen stand David Fellows. Er hatte sein schiefes Grinsen aufgesetzt und seine Augen rollten böse.
"Welcome, my friends", sagte er freundlich. Dann schloss er auch die Tür zur Küche sorgfältig ab und steckte den Schlüssel in die Hosentasche.
Im ersten Affekt stürzte Marie zum Fenster und blickte hinaus. Doch draußen unter dem Fenster lag eine Rolle Stacheldraht. Hier konnten sie nicht raus, so viel stand fest.
David war ihrem Blick gefolgt und lachte hämisch.
"Don't you want to jump out of the window?", fragte er. "**Go ahead!**"

---

ahead of us vor uns
Go ahead! Macht schon!

Marie trat vom Fenster zurück. Sie spürte, dass alle Farbe aus ihrem Gesicht gewichen war.
"Okay, Miss Marple", sagte David nun. "Now we've got time for a nice little **chat**."
Er setzte sich in den Sessel und machte Lee und Marie ein Zeichen, sich ebenfalls zu setzen.
"But how ...", begann Lee vorsichtig. Er fand nur mühsam Worte für das, was in ihm vorging.
"How come I'm here, too?" David lachte heiser. "I told you I like to play detective. It's an interesting job, isn't it?" Er ließ die beiden nicht aus den Augen. "I'm not as stupid as you think I am!", fuhr er fort. "Of course I **knew** you'd go to my house. When I saw you **turn off** through the park, I **drove** home as fast as I could."
"By car?", wunderte sich Marie. Sie hatten David doch zu Fuß gesehen.
"I'm not as stupid as you think I am", wiederholte David. "I **parked** my car **right** behind the pub."
Er war wirklich nicht dumm. Aber vielleicht war er auch einfach verrückt. Es hieß ja, Verrückte hätten manchmal unglaubliche Gedankenblitze.

---

chat Plauderei
knew wusste
turn off abbiegen
drove bin gefahren
parked habe geparkt
right *hier:* direkt

David schaute interessiert von Marie zu Lee. Es sah aus, als versuchte er, ihre Gedanken zu lesen.
“Okay”, sagte er dann. “Like everyone in the world, I need money. And I think you know that I took Margaret’s Mastercard. But I don’t have her PIN code.”
“**Oh dear**”, sagte Lee höflich.
Aber so leicht ließ sich David nicht abschütteln.
“Don’t give me **that innocent look**”, sagte er böse. “Just give me the PIN.”
“We don’t have the code”, erwiderte Marie schnell.
“I’m not as stupid as you think I am!” Das schien sein Lieblingssatz zu sein. “I saw you in Margaret’s house. You tested her typewriter, you searched her desk and you took her PIN code with you.”
War das möglich? Hatte sich dieser schreckliche Typ die ganze Zeit über in Mrs Parkers Haus aufgehalten, während sie es durchsucht hatten? Hatte er sie tatsächlich die ganze Zeit über beobachtet? Bei dem Gedanken wurde Marie ein bisschen schwindelig. Sie erinnerte sich an dieses unheimliche Knacksen und den Schatten am Fenster. Dieser Typ war wirklich nicht so dumm, wie sie dachten. Er war sogar, verdammt noch mal, ziemlich schlau. Und außerdem sicherlich nicht ungefährlich.

Oh dear. *hier etwa:* Das tut mir Leid.
that innocent look diesen unschuldigen Blick

"I'm sorry, I left the code at Lee's house", versuchte Marie sich aus der Situation zu winden.
Aber sie hatte ihre Rechnung ohne David gemacht. Mit einem Satz war er plötzlich bei ihr und drehte ihr den Arm auf den Rücken. Dann schob er sie gegen die Wohnzimmerwand und drückte sie mit dem Körper dagegen.
Marie schrie auf.
Da war auch Lee zur Stelle. Er stürzte sich auf David und versuchte Marie zu befreien. Aber er hatte Davids Kraft unterschätzt. Mit einem kräftigen Fausthieb mit der freien linken Hand traf David Lees Unterkiefer.
"**Ow!**", rief Lee und hielt sich das Gesicht. Mit der Zungenspitze überprüfte er, ob seine Zähne noch alle fest saßen. Alles schien in Ordnung zu sein. Nur sollte er diesem David jetzt besser nicht mehr zu nahe kommen.
"I'm not as stupid as you think I am", sagte David böse. "And I hate kids who tell **lies**."
Marie spürte, wie sie am ganzen Körper zitterte. Himmel! Hoffentlich war Lee nichts passiert. Er stöhnte und rieb sich den Kiefer. Das war die ganze Sache wirklich nicht wert! Diesem schrecklichen Typen waren sie nicht gewachsen.

Ow! Au!
lies Lügen

Marie griff in ihre Hosentasche und zog den roten Zettel hervor.
"Here's the code", sagte sie.
David lachte heiser. "That's better", sagte er. "Thank you for your cooperation."
Er nahm den Zettel und stürzte zur Tür. Dann drehte er sich noch einmal um.
"Sorry. I'll have to lock you up again", sagte er. "By the time you get free, I'll be gone."
Marie und Lee antworteten nicht. Sie sahen, wie David zur Tür ging und sie aufschloss. Dann drehte er sich um.
"By the way", sagte er. "If you see Mrs Parker, say goodbye from me and thank her for the money. She was really a nice old woman. And she was so very rich. I'm very sorry to think she might be dead." Wieder kicherte er. "But believe me, it wasn't me who killed her. I'm a **thief**, but not a murderer. Goodbye, Miss Marple, goodbye, Sherlock Holmes. And try to **improve** your **skills**."
Mit diesen Worten schloss er die Tür hinter sich. Lee und Marie hörten, wie sich der Schlüssel im Schloss drehte.

---

thief Dieb
improve verbessern
skills Fertigkeiten

Was ist mit dem PIN?

In Nullkommanichts waren Marie und Lee am Fenster. Gerade noch rechtzeitig, um zu sehen, wie David in seinem blauen Ford davon brauste.
Lee murmelte etwas, das sich gar nicht höflich anhörte, aber Marie beschloss, lieber nicht nachzufragen.
Dann schauten beide nach unten. Der Stacheldraht sah ziemlich ungemütlich aus. Aber den ganzen Tag in diesem Chaos verbringen zu müssen und außerdem zu wissen, wie sich David in dieser Zeit aus dem Staub machte, war auch nicht besonders verlockend.
“Okay. I'll try it!”, murmelte Lee.
Marie warf einen sorgenvollen Blick auf seine Shorts. Es war natürlich immer so, dass man in solchen Momenten die unpassende Kleidung anhatte. Gott sei Dank hatte er aber wenigstens fette Adidastreter an, im Gegensatz zu ihr, die zu ihren kurzen Hosen nur Sandalen trug.
Lee öffnete das Fenster und schwang vorsichtig seine Beine über das Fensterbrett. Dann ließ er sich langsam nach unten gleiten.
“**Shit!**”, fluchte er, während er vorsichtig einen Fuß nach dem anderen auf die Stacheldrahtrolle setzte.

Shit! Scheiße!

Marie sah sofort, dass er sich tiefe Kratzer an Knöcheln und Waden holte, aber Lee kümmerte sich nicht darum. Er ging tapfer weiter, bis er das Ende des Stacheldrahtes erreicht hatte.
"Okay, I'm still alive", versuchte er zu witzeln, aber Marie sah, dass er sich ziemlich weh getan hatte.
"I'll try to **move** the **barbed wire away**", meinte er dann und versuchte sich an dem Draht. Marie sah ihm beunruhigt zu. Dass er sich jetzt ihretwegen auch noch blutige Hände holte, war ihr absolut nicht recht. Aber Lee blieb gelassen. Mutig fasste er den Draht an und zog ihn ein Stückchen vom Fenster weg.
"Okay. **That's enough**", brüllte Marie und schwang sich ebenfalls über die Fensterbank. Der kleine Spalt zwischen Hauswand und Stacheldraht reichte aus, um sich vorsichtig an der Hauswand entlang auf den Hof zu tasten. Lee wartete auf sie und streckte ihr die Hand entgegen.
Marie zögerte erst, sie anzunehmen. Irgendwie wurde ihr dieser Typ fast etwas unheimlich mit seinem guten Benehmen. Als sie dann aber ins Stolpern geriet, fasste sie doch sicherheitshalber zu.
Gemeinsam traten sie auf den Hof und sahen einander an.

---

move away wegschieben
barbed wire Stacheldraht
That's enough. Das reicht.

“What shall we do now?”, fragte Marie.
“Go down town, to NatWest Bank”, schlug Lee vor.
Downtown, das hörte sich mordsmäßig nach einer riesigen Stadt an. Marie hatte Mühe, sich ein Grinsen zu verkneifen. Aber wahrscheinlich sagte man das in England schon, wenn man nur die Hauptgeschäftsstraße meinte.
Die beiden sprangen auf ihre Räder und sausten die Harold Road hinunter. Aber als sie an der Bank ankamen, war niemand mehr am Geldautomat. Zu spät. David Fellows war mit Sicherheit über alle Berge.
“Shit!” Marie hatte sich das Fluchen bei Lee abgeschaut. “He’s gone.”
“Too late!”, brummte auch Lee.
Dann sah Marie, wie sich seine Augen auf ein Objekt hinter ihr richteten und sich angstvoll weiteten. Irritiert drehte Marie sich um und entdeckte David. Er sah irgendwie nicht besonders glücklich aus. Jedenfalls nicht wie jemand, der gerade ein paar tausend Pfund von der Bank geholt hatte.
“Nice trick!”, knurrte er. “A very nice trick! But I’m not as stupid as you think I am.”
Mit diesen Worten ging er erneut auf Marie los und drehte ihr den Arm auf den Rücken.
“Give me the PIN!”, herrschte er sie an. “The right one!”
Marie und Lee sahen David verblüfft an. Mit allem hatten sie gerechnet, aber nicht damit.

“But it is the right PIN!”, beeilte sich Lee zu sagen. Doch David schien es besser zu wissen.
“I hate kids who tell lies”, sagte er und packte Marie nur noch fester.
Marie begann zu schreien und auch Lee rief, so laut er konnte. “Help! Help us!”
Einige Leute drehten sich zu ihnen um. Als ein Mann eiligen Schrittes auf sie zukam, ließ David Marie los. “Shit!”, flüsterte er.
Marie nutzte die Gelegenheit sofort zur Flucht. Mit einem Sprung war sie auf ihrem Fahrrad und sauste davon. Lee folgte ihr.
Atemlos kamen sie am Haus der Bristows an. Lees Mutter hatte sie schon kommen sehen und begrüßte sie an der Haustür.
“Perfect timing!”, strahlte sie. “It’s time for tea. I’ve made some **scones**. They’re **fresh from the oven**. And of course you have to try a **proper** English tea, Marie.”
Es gab keine Ausrede. Es war Teatime in England, und da konnte man nicht mit irgendwelchen kindischen Detektiveinsätzen kommen.
“Teatime, how wonderful”, sagte sie und wusste nicht, ob sie sich freuen oder ärgern sollte.

---

scones *kleine süße Brötchen mit oder ohne Rosinen, werden traditionell mit Marmelade und Schlagsahne gegessen*
fresh from the oven frisch aus dem Ofen
proper richtig

Der Tee war schnell getrunken, die Scones schnell gegessen. Und obwohl alles superlecker war, hatten Marie und Lee es eilig, wieder wegzukommen.
“I can’t believe it!”, stöhnte Mrs Bristow. “**What are you up to**? Don’t you need a break from all that **sightseeing**?”
“But Mum, we just had a break”, winkte Lee ab. “We’re going to the beach. We’ll be back in time for dinner. Afterwards I have to feed the cats and …”
“… water the flowers, I know”, ergänzte Mrs Bristow und schmunzelte. “But didn’t you go to Mrs Parker’s house this morning?”
“Cats are always hungry”, erklärte Lee und Marie nickte. “Yes, they really are.”
Sie beeilten sich, zu ihren Rädern zu kommen. Nachdenklich sah ihnen Mrs Bristow hinterher.

Ihr Ziel war wieder Mrs Parkers Cottage. Eine Weile fuhren sie schweigend nebeneinander her. Dann sahen sie sich an.
“What could’ve been wrong with the PIN?”, wunderte sich Lee.
Marie schüttelte den Kopf. “I don’t know either”, sagte sie. “Perhaps it wasn’t the PIN for the Mastercard.”

What are you up to? Was macht ihr denn?
sightseeing Besichtigung von Sehenswürdigkeiten

"Perhaps it was a number for a **safe deposit box** or a **post office box**", mutmaßte Lee.
"Poor David." Vor Schadenfreude hätte Marie fast laut gelacht. "And what shall we do now?"
Lee überlegte eine Weile, während sie heftig in die Pedale traten.
"Our **main problem** is Mrs Parker", fasste er schließlich seine Gedanken zusammen. "We've got to find her."
"And the second problem is a lot of crazy people who want her money", fuhr Marie fort.
"And **finally**, **there may be** a person in that **group** who knows where Mrs Parker is."

---

safe deposit box Tresorfach
post office box Postfach
main problem Hauptproblem
finally letztens
there may be ... es könnte ... geben
group Gruppe

Der verdammte Schlüssel

Als Lee und Marie am Haus ankamen, öffnete sich gerade die Haustür. Schnell fuhren sie am Grundstück vorbei und hielten erst ein Stück weiter am oberen Ende der Straße an. Dort drehten sie sich um und schauten zurück. Es waren die alte Sue und ihre Nichte Patricia, die das Haus verließen. Gemeinsam gingen sie die Straße hinunter, ohne sich umzusehen.
"Two **less** in the house. So we only have to **watch out for** Kathy and John", murmelte Marie.
Da pfiff Lee leise durch die Zähne und machte eine Kopfbewegung die Straße hinunter. Ein verbeulter blauer Ford kam die Straße heraufgefahren. Wer am Steuer saß, war nicht zu erkennen, aber es konnte sich nur um David handeln.
"Oh, I don't want to meet him again", flüsterte Marie.
"Why not?", grinste Lee. Doch auch er zog es vor, in die Querstraße abzubiegen. "Let's watch the house from the other side", schlug er vor. "It's easier to hide in the park."
Marie nickte. So bogen sie in den Park ab. Sie lehnten die Räder gegen eine Bank und schlichen durch das Gebüsch auf das Haus zu.

---

less weniger
watch out for aufpassen auf; Aussicht halten nach

Plötzlich hielt Lee inne und zeigte auf ein paar abgebrochene Äste. Marie verstand nicht, was das zu bedeuten hatte.
"What does it mean?", fragte sie.
Lee runzelte die Stirn.
"Someone **has been standing here** and watching the house."
"Oh."
"Perhaps it was the police inspector", überlegte Lee.
Marie nickte. "Maybe. Let's look for **footprints**."
Sie hatte es kaum ausgesprochen, als ihr Blick auf einen Fußabdruck fiel. Deutlich konnte man die Vertiefung im Lehmboden erkennen. Es sah eindeutig nach dem Abdruck eines Frauenschuhs aus – kaum größer als Schuhgröße 36/37 mit einer kleinen Spitze und einem viereckigen Absatz.
"Well, this wasn't a shoe David or John would wear", überlegte Lee, "and nor would the police inspector."
"Perhaps it was a **female** police inspector", überlegte Marie.
"Perhaps", stimmte Lee zu.
Vorsichtig schlichen die beiden weiter. Aus dem Haus war kein Laut zu hören. Aber der blaue Ford

---

has been standing here hat hier gestanden
footprints Fußspuren
female weiblich

stand an der Straße, und so war es ziemlich sicher, dass David hineingegangen sein musste.
Vier Katzen saßen im Garten, und die kleine Cindy hockte direkt an der Tür zur Küche. So hatte sie die Möglichkeit, ins Haus zu springen, sobald jemand in den Garten kam.
Plötzlich piepste Lees Handy. Lee zog es aus der Hosentasche und warf einen Blick aufs Display.
"Oh", stöhnte er leise. "A **text message** from my mother. She's **locked herself out** and wants me to come and help her."
"Oh", sagte auch Marie. Es wäre zu schade, nun die Beobachtung abzubrechen. Gut, im Moment tat sich wenig, aber das konnte sich schnell ändern, wenn diese reizende Familie sich in den Garten begab.
"You go and help her", schlug sie vor. "I'll stay and watch the house."
Man sah Lee an, dass es ihm Leid tat, zu gehen. Aber er konnte seine Mutter ja nicht ausgesperrt lassen.
"Okay", sagte er schließlich seufzend. "I'll be back as soon as I can. **Be careful**, won't you? David isn't as friendly as I am."
Marie grinste.
"I agree. Don't worry about me. I'll be fine."
Lee streckte ihr den Daumen entgegen, zum Zei-

---

text message SMS
(has) locked herself out (hat) sich aus dem Haus gesperrt
Be careful! Sei vorsichtig!

chen, dass er ihr viel Glück wünschte, dann schlich er vorsichtig zu den Rädern zurück.
Nun war Marie allein. Vorsichtig kroch sie dichter an die Hecke heran. Täuschte sie sich, oder standen da tatsächlich zwei Gestalten am Fenster? Sie bog ein paar Zweige zur Seite, um einen besseren Blick auf das Haus zu haben.
Aber auch die Gestalten waren dichter ans Fenster getreten, und es sah so aus, als schauten sie durch den Garten in den Park.
Ob sie sie gesehen hatten? Marie wurde ganz flau im Magen. Was sollte sie bloß tun, wenn sie entdeckt worden war? Allein hätte sie gegen die beiden keine Chance.
Die Gestalten bewegten sich vom Fenster weg. Glück gehabt. Marie atmete erleichtert auf.
Aber sie hatte sich zu früh gefreut. Mit einem lauten Knall flog die Hintertür auf und David und John kamen durch den Garten auf sie zugerannt.
Marie hockte wie erstarrt in ihrem Busch und wagte nicht, sich zu bewegen. Unmöglich konnten die Männer sie entdeckt haben! Sie hatte sich doch tief genug ins Gebüsch zurückgezogen.
Aber sie hatte sich verkalkuliert. Mit ihrem pinkfarbenen T-Shirt war sie in den grünen Sträuchern ziemlich aufgefallen, und so war es für David und John ein Leichtes gewesen, sie vom Küchenfenster aus auszumachen.

Bis Marie verstanden hatte, dass die beiden es tatsächlich auf sie abgesehen hatten, waren sie schon fast neben ihr. Marie sprang aus dem Gebüsch und rannte los. Aber obwohl sie eine gute Sportlerin war, hatte sie gegen die beiden Männern keine Chance. John fing sie zuerst und hielt sie fest, und dann kam auch David dazu.
Marie schlug wild um sich und biss John in die Hand. Aber es half alles nichts.
"**Vicious little wildcat!**", fluchte John und drehte ihr den Arm auf den Rücken.
Das musste wohl in der Familie liegen. Auch David hatte mit dem Armumdrehen gute Erfahrungen gemacht. Es reichte schon, dass John ihren linken Arm nur anfasste, da erinnerte sich Marie, wie verdammt weh das tat. Sofort gab sie jeden Widerstand auf und ließ sich von den beiden Männern ins Haus führen.
Verdammt, Lee! Warum musstest du ausgerechnet jetzt verschwinden?, dachte sie verzweifelt.
David schob Marie in die Küche. Hier saß Kathy und sah sie mit ihren schrecklichen Eulenaugen an.
Oh Gott!, dachte Marie noch. Hoffentlich bringen sie mich jetzt nicht genauso um wie Mrs Parker.
Und sie begann, am ganzen Körper zu zittern.
"Is that the girl?", kreischte Kathy.
"Yes, that's her!", bestätigte David.

Vicious little wildcat! Bösartige kleine Wildkatze!

Sie drückten Marie auf einen Stuhl. David und John blieben rechts und links von ihr stehen. An Flucht war nicht zu denken.
Auch Kathy erhob sich jetzt. Drohend beugte sie sich zu Marie herunter.
"Where is the right PIN?", zischte sie.
"I **gave** the PIN to your husband", sagte Marie und versuchte, sich ihre Angst nicht anmerken zu lassen.
"He's not my husband", schrie Kathy. "We divorced five years ago, and it was the best thing I ever did."
Marie wollte niemanden provozieren und schwieg.
David lachte heiser. Aber das hörte sich irgendwie auch nicht besonders fröhlich an.
David und John rückten dichter an Marie heran. David kramte in seiner Brieftasche und öffnete sie. Wieder war Mrs Parkers Mastercard zu sehen. Aus einem kleinen Seitenfach zog er den roten Zettel, den Marie ihm gegeben hatte.
"You gave me this number", sagte er. "But this is not the PIN for **Auntie's** Mastercard. I'm sure you know where the right one is. "
Sie glaubten ihr nicht. Sie waren fest davon überzeugt, dass Marie sie angelogen und ihnen absichtlich eine falsche Nummer gegeben hatte. Die Wahrheit zu beteuern war aussichtslos, das merkte Marie

---

gave gab
Auntie's Tantchens

schnell. Verzweifelt schossen ihre Gedanken hin und her. Sollte sie lügen? Sollte sie versuchen, in einem unbemerkten Moment eine neue Nummer aufzuschreiben?

"Okay", sagte sie so ruhig wie möglich. "I think I saw the right PIN in the desk in the living room."

Sie sah, wie Kathys, Johns und Davids Blicke misstrauisch auf ihr ruhten.

"Shall I get it?"

Kathy, David und John nickten. Jetzt schien eine große Einigkeit bei ihnen zu herrschen.

Langsam stand Marie auf. Sie zögerte für einen Moment, weil sie unsicher war, ob diese Bewegung erlaubt war. Aber dann trat Kathy einen Schritt zurück und machte ihr Platz. David nahm ihren Arm und schob sie Richtung Flur. Kein Zweifel, sie alle wollten sie auf der Suche nach dem PIN begleiten.

Zur gleichen Zeit radelte Lee in schnellem Tempo wieder Richtung Park. Mütter waren doch wirklich eine Landplage. Nicht, wenn sie Fish and Chips brutzelten, und natürlich auch nicht, wenn sie Wäsche wuschen und T-Shirts bügelten. Aber wenn es um die freie Nutzung der Sommerferien ging, konnten sie einem schon auf die Nerven gehen. So hatte Mrs Bristow nicht nur Lees Schlüsseldienst in Anspruch genommen. Sie wollte auch, dass er ihr den Einkauf ins Haus trug und die Pizza und die Pommes

in die Tiefkühltruhe legte. Dann wollte sie noch wissen, wo Marie war und wie es ihr ging und ob sie auch wirklich mit ihren Ferien zufrieden war.
Lee hatte wirklich Mühe gehabt, sich loszueisen.
Umso fester trat er nun in die Pedale. So schnell wie heute hatte er den Park noch nie erreicht. Er stellte sein Rad neben Maries an den Baum und schlich sich vorsichtig in die Büsche.
"Marie?", wisperte er leise. Aber es kam keine Antwort. "Marie? Where are you?"
Wieder blieb alles still.
Lee fiel auf, dass zu den abgebrochenen Zweigen noch ein paar dazugekommen waren. Und hier zeichneten sich auch Maries Fußspuren im Boden ab. Nur von ihr selbst war weit und breit nichts zu sehen. Sie war doch wohl nicht allein ins Haus gegangen?
Vorsichtig schlich Lee näher und warf einen Blick durch die Büsche. An der Hintertür hatten sich jetzt alle fünf Katzen versammelt. Ungeduldig schienen sie auf ihr Fressen zu warten.
Lee hockte sich auf den Boden und sah sich die Fußspuren genauer an. Hier hatte Marie gestanden und da waren auch noch andere Spuren. Größere. Eindeutig von Männerschuhen. Und hier waren – Schuhe, kleine Damenschuhe. Und darin steckten Füße, Beine sogar …
Lee erstarrte, während sein Blick sich langsam an den Beinen hochtastete. Vor ihm stand jemand. Eine

Frau. Eine alte Frau. Sie hatte weiße Haare, ein runzeliges Gesicht und trug zu einem grauen Faltenrock einen himmelblauen Pullover, auf dessen Vorderseite drei Katzen gestickt waren.
"Hello, Lee", sagte die Frau.
"Mrs Parker!"
Lee wich ein paar Schritte zurück als hätte er einen Geist gesehen. Seine Knie zitterten und in seinem Kopf drehte sich alles. Er musste nachdenken, sich irgendwo hinsetzen. Und so ließ er sich an Ort und Stelle mitten zwischen den Büschen nieder und wusste nicht, was er sagen sollte. Fassungslos starrte er die alte Frau an.
"You're alive", sagte er schließlich.
Mrs Parker lachte. Es war dieses heisere Lachen, das Lee seit Jahren kannte.
"Oh yes, **I certainly hope so**", sagte sie. "**I'm very well**, thank you."
"And you're sure you're not a **ghost**?"
"Oh no, I don't think so", lächelte Mrs Parker.
Von ihrem Aussehen war sie es schon, fand Lee. Diese wirren weißen Haare und dieser komische Pullover … Aber es war bestimmt unhöflich, das zu sagen. Er rappelte sich auf und reichte Mrs Parker die Hand.

I certainly hope so. Das hoffe ich sehr.
I'm very well. Mir geht's sehr gut.
ghost Gespenst

"I'm so glad to see you", sagte er aus tiefstem Herzen.
"Thank you, my dear", sagte Mrs Parker. "But I think you're the only one." Sie lächelte. Auch Lee lächelte und dachte daran, dass Kathy und John und all die anderen wahrscheinlich einen Tobsuchtsanfall bekamen, wenn sie sahen, dass Mrs Parker noch lebte.
"You're probably looking for your friend", sagte Mrs Parker.
Für einen Moment überlegte Lee, ob er sie verbessern sollte. Aber im Grunde hatte die alte Frau ja Recht. Marie war seine Freundin, daran gab es nichts zu rütteln.

“Yes”, antwortete er darum ruhig.
“Well, she was standing right here, where you’re standing now”, erklärte Mrs Parker. “But David and John came out of the house and took her inside!”
“Oh!” Das klang wie ein Schrei. “But they’ll – they might hurt her!”, rief Lee beunruhigt.
“I’m afraid they might”, sagte die Alte nachdenklich. “We should go inside and find out what’s going on.”
She really is crazy!, dachte Lee. Where has she been all this time? And why is she watching her own house?
Für einen Moment überlegte er, ob es klug wäre, mit ihr mitzugehen, oder ob sie in dieser ganzen absurden Komödie eine tragende Rolle spielte. Dann aber beschloss er, ihr zu trauen.
Zögernd betrat er neben ihr den Garten.

Wo ist das Geld?

Bleich hockte Marie an Mrs Parkers Sekretär und sortierte einen Zettel auf den anderen. Kathy, John und David ließen sie dabei nicht aus den Augen.
Der Papierstapel wuchs und wuchs. Gleich war der Moment gekommen, in dem Marie zugeben musste, dass sie den PIN nicht finden konnte. Und was dann? Was würden diese drei geldgierigen Geier mit ihr anstellen? Was hatten sie Mrs Parker angetan?
Der letzte Zettel. Nun musste es Marie noch einmal mit der Wahrheit versuchen, auch wenn diese jetzt noch viel unglaubwürdiger war.
"I'm sorry", sagte sie. "But I can't find it."
Sie sah Kathy ängstlich an, die ihr am nächsten stand.
"Why don't you believe me", begann Marie noch einmal. "The number on the piece of red paper was the only one I found. It was here in this desk. I took it because I was afraid someone would find the PIN and steal Mrs Parker's money."
"Good girl", kicherte Kathy. "And you were right. If David had found it, the money would be gone by now."
"And what about you, my **darling**", fauchte David. "Where are the gold necklace and the **ruby ring**?

---

darling Liebling
ruby ring Rubinring

And I'm quite sure John **slipped** a few pounds into his pocket. Auntie Margaret was **not exactly** poor, was she? There'll be enough for everybody, right?"
"Not for you, David", bellte John ihn an. "You've got nothing to do with Aunt Margaret. She's not your aunt."
"No – but she's Kathy's aunt. And Kathy is my beloved wife, aren't you, Kathy?"
Kathy stieß einen quietschenden Schrei aus, der sich nicht besonders zärtlich anhörte.
"We're divorced, you idiot. We've been divorced for five years."
"But I still love you, my dear. I've always loved you."
"You just love my money. That's all."
Marie sah ihre Chance gekommen. John beschimpfte gerade David mit "greedy" und David schoss mit "thief" und "murderer" zurück, als Marie langsam aufstand. Vorsichtig tastete sie sich zur Tür.
Da aber wurde Kathy hellwach.
"Hey", schrie sie. "What about the girl? Of course – she's the one who took the jewels and the PIN. She **tried** to steal the Mastercard too, but David was faster then her."
"I'm not as stupid as you think I am", wiederholte

---

slipped hat gesteckt
not exactly nicht gerade
tried versuchte (es)

David zum wohl tausendsten Mal und erreichte nun, dass ihm Kathy einen freundlicheren Blick zuwarf.
Sofort hatten die beiden Männer Marie wieder am Arm gepackt. So leicht sollte sie nicht entkommen.
"**Right, then!** Let's think it over. We'll find a way to make you talk", drohte David.
"We can **shove** her head in the toilet", schlug Kathy vor.
Marie bekam es jetzt wirklich mit der Angst zu tun. Besonders John machte den Eindruck, als würde er vor nichts zurückschrecken, wenn er sich davon einen Vorteil versprach.
Plötzlich miaute es an der Tür und Cindy stolzierte mit hochgerecktem Schwanz herein. Nachdem sie schon die vergangene Nacht im Freien hatte verbringen müssen, war sie nun auf der Suche nach einem warmen Plätzchen.
"Why is this animal in the house again?", wunderte sich John. "I thought we'd locked them all out." Er sah David misstrauisch an. "Didn't you close the back door?"
"Of course I did", beeilte sich David zu sagen.
Marie horchte auf. Vielleicht war jemand ins Haus gekommen, von dem sie Hilfe erwarten konnte. Vielleicht war Lee zurückgekehrt und suchte sie.

Right, then! So!
shove schubsen, *hier:* tauchen

Auch John schien misstrauisch geworden zu sein. Er ging zur Wohnzimmertür und trat auf den Flur. Dann hörten sie einen lauten Schrei. Mit aschfahlem Gesicht wich John ins Wohnzimmer zurück.
Und nun stand Lee in der Tür und neben ihm eine alte Frau mit wirren weißen Haaren und einem Katzenpullover.
"Margaret!", entfuhr es Kathy.
"Margaret", keuchte auch David.
John sagte nichts mehr. Es hatte ihm vor Schreck die Stimme verschlagen.
Mit einem Satz war Lee bei Marie.
"Are you okay?", fragte er beunruhigt.
Marie nickte und fast hätte sie vor Erleichterung geweint.
"Aunt Margaret – you're alive?", fragte Kathy verwundert.
"As alive as **everyone else** in this room." Mrs Parker lachte heiser. "But I must say, you're as **pale** as a ghost, my dear."
Fast hörte es sich ein bisschen mitleidig an.
John hatte sich wieder gefasst. "So you're not dead **at all**! The letter was just a trick!"
Mrs Parker lächelte.
"Trick! That's a hard word", sagte sie. "I saw it as a

---

everyone else alle anderen
pale blass
at all überhaupt

chance for you to look after my house and my cats and my flowers."
"Oh!", war alles, was David herausbrachte.
Mehr fiel auch den anderen nicht dazu ein.
In diesem Moment hörten sie, wie sich die Haustür öffnete. Schwere Schritte kamen den Flur entlang.
"Where are you?", hörten sie nun Patricias Stimme. "Are you **sharing out** the money? Don't you forget that you promised to wait for me!"
Schnaufend erschien sie im Türrahmen. Sie starrte von Lee zu Marie, dann weiter zu Mrs Parker.
"Oh", sagte sie dann und biss sich auf die Lippen.
"Hello, Patricia. Nice to see you again", erwiderte Mrs Parker.
Marie und Lee waren ans Fenster zurückgewichen und betrachteten die Szene halb irritiert, halb amüsiert. Das Ganze war offensichtlich von Mrs Parker geplant worden, die herausfinden wollte, wie sich ihre Familie verhielt, wenn sie nicht mehr lebte. Ein bisschen makaber, aber sehr wirkungsvoll.
"So, would you please give me back my things", fuhr die alte Dame fort. "My jewellery, my money, and of course my Mastercard."
"We didn't take anything", sagte Patricia schnell und warf einen Blick in die Runde. "Maybe David did. But John and me and Kathy – never."

---

sharing out verteilen

Das hatte sich wirklich aufrichtig angehört. Und wenn ein Oscar für eine Szene zu vergeben wäre, würde Patricia bestimmt einen bekommen, dachte Marie. Genauso, wie dieser alten Mrs Parker der Kleinkunstpreis für Comedy zustand.
Aber Mrs Parker schien sich nicht irritieren zu lassen. "I'm sorry, dear", sagte sie, "but I have to tell you that Inspector Walker, an old friend of mine, put a couple of cameras in every room."
Sie ging zu einem klitzekleinen Gerät in einer Ecke des Raumes.
"You see? This is a very small one, but not expensive at all." Sie lachte. "Well, as you probably know, I like videos **a lot**. So I sat in Inspector Walker's **study** and watched this one. I think the **title** was "Where's the Money?". It was very interesting **indeed**."
"No!", rief John empört. "**You're not allowed** to install cameras to **spy on honest** people!"
Aber Mrs Parker lachte nur.
Nun begann auch Marie zu lachen. Erst kicherte sie

---

a lot sehr, viel
study Arbeitszimmer
title Titel
indeed in der Tat
you're not allowed es ist nicht erlaubt
spy on nachspionieren
honest ehrlich

nur leise, doch dann brach es regelrecht aus ihr heraus und sie prustete los. Alle drehten sich verwundert zu ihr um, doch Marie war es egal. Die ganze Anspannung des Tages fiel von ihr ab und sie lachte und lachte, bis ihr der Bauch wehtat.
"Oh, Mrs Parker", japste sie schließlich, "Lee told me that you were a little bit crazy. But now I see that you're the craziest woman **I ever met**."
Da lachte auch Mrs Parker. "Well, I think it's interesting to be a little bit crazy, isn't it? I like crazy people. And now, my dear family, I would like to ask you to leave my house. Tomorrow morning you'll **return** all the things you've taken, or I'll report you to the police. And you know, Inspector Walker is a very good friend of mine."

I ever met (die) ich je getroffen habe
return zurückgeben

Ende gut, alles gut

David, John, Patricia und Kathy gingen schneller, als Marie und Lee erwartet hatten. Geradezu überstürzt verließen sie das Haus. David sprang in sein Auto, John, Patricia und Kathy in das andere. Dann brausten alle davon.

Mrs Parker, Lee und Marie standen am Fenster und sahen ihnen nach.

"All gone", lachte Mrs Parker vergnügt. "**Tough luck!** No money, no house, just a crazy aunt and a home video." Sie wandte sich an Lee und Marie. "Lee and Marie, thank you very much for watering my flowers, feeding my cats and trying to find out what happened to me. I'd like to take you out for dinner this evening. My sister Sue will come with us, too. She's the only one who really was sad about my disappearance. I phoned her an hour ago to tell her that I'm all right."

Lee sah Marie an, die heftig nickte. "Thank you for the invitation. **We'd love to come.** But may I phone my mother first? "

"Of course, my dear."

Lee telefonierte mit seiner Mutter, und natürlich hatte sie nichts dagegen, dass Lee und Marie mit Mrs

---

Tough luck! Pech gehabt!
We'd love to come. Wir kommen sehr gerne.

Parker ausgingen. Sie war sogar richtig froh, dass die alte Lady wieder aufgetaucht war.
"Let's think of a nice restaurant", überlegte Mrs Parker. "**How about** the big one where they **serve** burgers and chips?"
"McDonalds?", fragte Marie erstaunt.
"That's it!", nickte die Alte zufrieden. "I've never been there, but I was told you children like it a lot. So will you please come with me? Sue is waiting for us outside."

Es wurde ein urkomischer Abend. Mrs Parker und ihre Schwester aßen Berge von Pommes mit Mayo. Außerdem verdrückten sie jeder zwei Burger und tranken literweise Cola. Nebenbei amüsierten sie sich prächtig.
"I sat down in Jamie Walker's study to watch the film", erzählte Mrs Parker. "First I saw John."
In allen Einzelheiten beschrieb Mrs Parker, wie John durchs Haus geschlichen war und ihre Ersparnisse im Wäscheschrank gefunden hatte. Danach war Patricia mit ihm zusammen da gewesen, später kam auch noch Kathy dazu. Auch die Szene, in der sich alle um das Geld gestritten hatten, fand sie einfach köstlich.

How about Wie wär's mit
serve servieren

Dann verzog sie das Gesicht.
"But of course I hated him. He smoked so much, and he was so cruel to Cindy and the other cats. They weren't even allowed to sleep in the house."
Mrs Parker fuhr mit ihrer Geschichte fort. Ihre Lieblingsszene war die, als Lee und Marie die alte Schreibmaschine auf dem Dachboden ausprobierten, während zur selben Zeit David in ihrem Schlafzimmer nach Wertsachen suchte. "This **scene** really gave me **goosebumps**", erzählte sie. "It was better than any thriller."
Nun begann auch Sue zu lachen. "What a funny idea", sagte sie immer wieder. "Well, I definitely want to see the video as soon as possible."
"Me too!", riefen Marie und Lee aus einem Munde.

Am nächsten Tag begann endlich das, was sich Lee und Marie unter Sommerferien vorgestellt hatten: faul am Strand liegen, durch die Stadt bummeln, Eis essen und Mrs Parker besuchen. Es wurden tolle Ferien, die interessantesten, die Marie je erlebt hatte.
"Next year you must come back to help me with another **mystery**", meinte Lee, als die letzten Tage angebrochen waren. Sie lagen nebeneinander am

---

scene Szene
goosebumps Gänsehaut
mystery Rätsel

Strand in der Sonne und genossen die Ruhe. "You know, here in England a lot of strange things happen. There's more than enough **work** for two clever detectives."

"Okay", lachte Marie. "I'll come back. But you have to promise me you'll come to Germany at Easter. A lot of strange things happen in Germany, too."

"Well, I can believe that", lachte Lee und sah sie reichlich unverschämt an.

Marie zog ihren Badelatschen aus und schlug ihm damit auf den nackten Rücken.

"Pig!", sagte sie empört. "Und weißt du was! Zur Strafe werde ich jetzt nur noch deutsch mit dir sprechen. Es wird nämlich Zeit, dass du auch mal was dazulernst."

"Excuse me?" Lee runzelte die Stirn. "Could you please speak slowly and use easy words?"

Und dann lachten sie beide, standen auf und rannten zusammen runter zum Meer.

---

work Arbeit

Krimispaß für Englisch-Freaks

Weitere Abenteuer für kleine und große Fans

Tina Zang

Panic on the Set
Panik am Set

Luisa Hartmann

Holiday Job: Detective!
Ferienjob: Detektiv!

Petra Steckelmann

The Mysterious Lighthous
Der geheimnisvolle Leuch

Luisa Hartmann

The Haunted Castle of Loch Mor
Das Spukschloss von Loch Mor

Annette Weber

Where is Mrs Parker?
Wo ist Mrs Parker?

Dagmar Puchalla

Stop Thief!
Haltet den Dieb!

Herbert Friedmann, Tin

Trapped
In der Falle

Langenscheidt
...weil Sprachen verbinden